快乐阳光的味道

U0589125

感动中国学生的

100个幽默故事

感动一生书系

学生图文版

总策划/邢涛　主　编/龚勋

幽默是智慧的花，是生命运行的润滑剂
从现在开始，让我们懂得幽默，给生活减少一点压力
让我们学会笑口常开，为生命添加一点健康
笑过之后，人生中多了一点感动，多了一份回味

汕头大学出版社

你的心中有盏灯

世界儿童基金会　林喜富

有个小女孩，父母经常要很晚才能回家。每天晚上她自己回家时都必须经过一段黑漆漆的小路。我问她，一个人走夜路害怕不害怕，孤单不孤单？她说，爸爸妈妈告诉她，虽然路上无灯，但只要心中有盏灯亮着，就不会孤单，不用害怕……

这些年来，我时常会想象这盏灯应该是什么模样；直到最近，看到这套感动一生书系，我才发现我寻找的那盏灯原来就在这里：它是真情之灯、快乐之灯、美德之灯，也是励志之灯、智慧之灯！

这个系列的六本书汇集了古今中外各类经典的小故事。这些历久弥新的小故事温柔地抚摸到我们内心的深处，让我们的心一点一点温暖起来。同时，这些故事让我们在不知不觉中学会感受来自身边的真情，学会快乐人生的经营之道，学会关怀他人，学会奏出生命的强音，学会点亮人生的智慧之光……

青春之路，很少会有人走得一帆风顺。当烦恼来临时，你选择用什么态度面对？如果你的心中已经有了这盏灯，相信你也就有了自己的决定！

青少年时代的心灵伙伴

中国儿童教育研究所 陈勉

青春期的孩子愿意自己选择自己喜爱的读物。他们不爱读长篇大论的说教、一本正经的训诫。那些清新隽永的短篇故事、美文反而能令他们沉浸其中，引发他们的人生思考。

这套感动一生书系所选的小故事，考虑到了青少年青春期的成长特点，考虑到了他们既需要人生指导，又反感生硬灌输的心理，包含了真情、幽默、品德、励志和智慧等几个人生的重要方面。这些故事的作者，有的是声名卓著的文学名家，有的是富于人生经验的思想智者。他们文笔优美，思想丰富。在青少年时代能读到他们的作品，会成为人相伴一生的心灵伙伴。

此外，这套书中的每则故事都配有美丽的插画，传达出语言所难以表达的微妙情感。读者在阅读文字的同时，不仅会被故事的情节所感动，更会沉浸在画面所营造的美好意境当中！

快乐阳光的味道······

前 言
Foreword

人们常说："笑一笑，十年少。"可见欢笑在我们的生活中是不可或缺的。而幽默正是引导我们发笑的主要途径，为此我们精心编撰了这本《感动中国学生的100个幽默故事：快乐阳光的味道》，希望能给大家带来更多的欢笑。

本书精心选取了古今中外的经典幽默故事，其中既有名人的轶事，也有民间流传的趣闻。为了让青少年朋友们更好地理解故事中的内涵，我们还为每则故事提炼出了一则引言，将故事蕴涵的哲理传递给大家。相信青少年朋友们在欢笑之余，定能从中得到生活的感悟和智慧的启迪。此外，我们还为故事选配了大量精美有趣的插图，会让大家更加直接地感受故事里的世界，获得身临其境的感觉。

愿本书能给你带来快乐，让欢笑伴随你的一生。

目录
Contents

快乐阳光的味道……

阳光是什么味道？是快乐的味道，只要嘴角上扬，我们就品味得到……

避讳

迷信，只会让你失去更多。

撰文/黄健

大年三十，正准备做年夜饭时，煤气没了。我赶紧给煤气公司打电话。谁知电话刚接通，却被妻子一把按掉了。

妻子一脸神秘地说："今天煤气不能充。"

"为什么？"我满腹狐疑。

妻子一本正经地说："你想想，'煤'和'霉'谐音，今天是大年三十，正好煤气没了，这预示着来年我们定会大吉大利，好运连连。如果你今天充煤气，不是要把霉气带回家吗？所以啊，这煤气怎么也得过了年初三再充。"

"嘿，你还信这个？"我拉开妻子的手，想继续打电话。可妻子又哭又闹，我没辙了。

"那我们这几天总不能不吃饭吧？"我问。

"那还不简单，可以下馆子呀！"妻子一边说着，一边拽着我和女儿往外走。

现在这大过年的，饭店生意特别红火，大大小小的饭店全都客满了。我们沿街一家一家地找，好不容易找到了空位，正想点几个小菜将就一下，服务员却笑里藏刀地告诉我："对不起，先生，这里每位最低消费一百五十八元。"

我一咬牙，说："上菜！"

女儿可乐开了，长这么大，在饭店里吃年夜饭，还是头一次呢！菜

上齐了，她狼吞虎咽地吃起来。

买单的时候，我看见妻子的脸色明显不好看了。回家的路上，她顺便走进一家超市，买了一箱方便面，对我们爷俩说："明天开始就吃这个吧！"

大年初一上午，几个朋友到我家来打牌，临近中午，还丝毫没有要散的意思。

怎么办呢？本来可以让妻子炒几个菜的，妻子的手艺挺不错，可现在巧妇也难为无火之炊啊。大家难得聚一次，总不能让人家吃泡面吧！

我大手一挥，说："下馆子去！"

妻子面无表情地看着我，不做声了。

到了饭店，大家划拳喝酒，好不热闹。酒足饭饱，我一看账单，一千多呢！大伙儿一个个都打着饱嗝直夸我够意思，拉着我的手说："走，下午还上你家去。"

我回头看看妻子，她急得直跺脚。

等我颤颤悠悠回到家，妻子早躲进房间里了。隔着门，我听见妻子正在打电话呢："喂，煤气公司吗？我家煤气没了，快给我送过来，要快啊！"

表演潜水的猫

给自己的过失找借口，只会让别人更加看不起你。

撰文/佚名

有一只猫，它总是把自己的优点和才能吹嘘得无人能及，而对于自己的过失却百般掩饰，生怕别人知道后，自己遭到取笑。

有一次，它好不容易捉到一只老鼠，可是一不小心又让老鼠逃掉了。

面对同伴们的目光，它掩饰自己说："我看这只老鼠太瘦，不值得我下手。放它一条生路，等它长肥一点儿我再把它捉来吃。"

有一次，它到河边捉鱼，被鲤鱼的尾巴劈头盖脸地打了两个响亮的耳光。同伴们看了直笑。

它强装笑容说："我并没有想捉它，捉它还不容易吗？我只是要利用它的尾巴来洗洗脸。刚才我在阁楼上捉老鼠，脸弄得太脏了！"

还有一次，这只猫掉进了泥坑里，浑身糊满了污泥。当它看到同伴们惊异的目光时，连忙解释道："最近身上跳蚤多，用这办法治它们是最灵验不过的！"

后来，它没留神掉进了河里。一个同伴见了，在岸上大声呼叫，打算想办法救它。

它说："哈哈！你们认为我遇到危险了吗？我怎么会呢。河里多么凉快啊！我在游泳……"话没说完，它就沉下水了。

"走吧，"另一个同伴说，"待会儿它又会说它在表演潜水呢！"

病人不开口

不要觉得自己优于别人，因为你在某些方面可能不如别人。

撰文/佚名

小镇的兽医老丁病了。他来到城里一家大医院看病。当他挂完号来到内科医生的办公室时，惊奇地发现这位内科大夫竟是自己高中时的老同学。两人马上热烈地交谈起来。

内科大夫问："老同学，你现在干什么工作呢？"

老丁回答道："和你差不多，我现在是一名兽医。"

"兽医？"内科大夫有点儿瞧不起地笑了起来，"你怎么干起兽医来了？太遗憾了！你看我，真正的医生……好啦，言归正传，请告诉我你哪里不舒服吧！"

老丁没有回答内科大夫的话，只是安静地坐在那，笑呵呵地看着他。内科大夫以为老丁没听清楚，于是又问他到底哪里不舒服。可老丁还是一言不发。

　　内科大夫有点儿生气了，不耐烦地说："老同学，你不告诉我你哪里不舒服，叫我怎么帮你治病？"

　　这时，老丁才笑着说道："老同学，你看，当个兽医容易吗？我的患者可从来不对我讲它到底哪里不舒服，而只会像我刚才那样安静地待着……"

步兵的习惯

在某个特定环境养成的习惯，在变换环境以后别忘了改掉。

撰文/佚名

有个经历过很多战争并得过很多勋章的步兵退伍了。刚回到城里，他的朋友就给他介绍了一个女朋友，于是他们俩将进行一次约会。

在步兵出门之前，朋友给了他很多忠告："你可能在战争中经历过很多事，但恋爱方面的事你要听我的。第一，你下车后要替女朋友开门；第二，女朋友入座时你应站在她的椅子后帮她；第三，她说话时你要温情地看着她；第四，她需要什么东西你一定要抢先做好，不要让她动手。"那个步兵点点头，然后走了。

第二天，朋友打电话问步兵昨晚的约会如何。步兵沮丧地说："我没有希望了！"

朋友问他："你是不是忘了替她开车门？"

步兵说："不，我替她开了车门，她很高兴！"

朋友又问："你是不是忘了帮她入座？"

步兵说："不，我帮她入座，她说我是个绅士！"

朋友又问："你是不是在她说话的时候东张西望？"

步兵说："不，我一直看着她。她说我很温柔，并且说我的眼睛很有魅力！"

最后朋友问："那你是不是在某些事上让她自己动手了？"

步兵叹了口气，说："如果真是这样就好了。我们回家时，她说口渴，于是我就跑去替她买饮料……"

朋友说："那很好呀！"

步兵又说："可是出于多年的习惯，我一拉开饮料罐，就向她砸了过去，自己躲到了草丛里……"

车胎

别以为说谎能掩饰过失，那只会将事情搞得更糟。

撰文/佚名

汤姆、彼得、戴维和查理在大学攻读金融专业。他们天资聪明，再加上勤奋刻苦，课堂提问、大考试、小测验、论文均能过关斩将。就连面临令大家头疼的期末考试，他们也还是一副泰然自若轻轻松松的模样。

后天是考试的最后一科——会计。四人觉得十拿九稳，没有复习的必要了，于是第二天参加了一个狂欢活动。他们玩得陶醉忘我，而且喝了不少酒，一觉竟睡到第二天天亮，一看表——考试已经开始了。

四个人全傻了眼，沮丧地开车往回赶。

"赶不上考试怎么办？"汤姆打破沉默。

"承认错误吧，也许教授能给个机会。"彼得说道。

"笨蛋，承认了就没有机会了。"戴维不同意。

"要不，就说我们一早就起程了，但是在半路上车胎爆了，所以误了考试，怎么样？"查理建议道。

大家一致同意用这个借口试试，并做好了演戏的心理准备，进入了戏中角色。最后教授真的被说服了，仔细地考虑了一会儿之后，说道："好吧，明天上午给你们一次补考机会。"

四人担心教授故意为难，无不加倍用心地准备考试。在熬了整整一个通宵后，他们准时来到指定的考场。教授把四人分别安排在四个小教室里，给每人发了一张卷子。四人拿到卷子后，这才发现形式远比想象的更严峻，只见上面的试题只有两道：

一、名词解释：借贷记账法。（5分）

二、简答：车的哪个轮胎爆了？（95分）

迟到的原因

在谎言的基础上，是无法延伸出真话来的。

撰文/佚名

25名士兵由于迟到受到审讯。

第一名士兵向连长解释说，早晨他从家里出来时，先穿过了一大片树林，由于走累了，便在那里歇了一会儿，吃了些饼干，可不久便睡着了，等醒来时才发现误点了，于是他蹿上邻居的一匹马直奔车站。可不巧的是，马在途中摔死了，因此他未能赶上火车，只好徒步赶来，所以迟到了。

接下来的23名士兵说的也是同样的理由。

当审讯最后一名士兵时，连长已经猜到他会说同样的理由，便直接问："你也曾穿过树林吗？"

"是的，连长先生。"

"你也在那里睡着了？"

"是的。"

"醒来时发现晚了？"

"是的。"

"你是不是也蹿上了邻居的马呢？"

"没有。"

"乘汽车时抛了锚？"

"也没有。"

"那是怎么回事呢？"连长不禁疑惑起来。

"我既没有骑马，也没有坐汽车，连长先生。但是我在去车站的路上，看见了许多横躺竖卧的死马，简直使我走不过去，因此我也未能赶上火车。"

吃河豚鱼

不要自作聪明，因为不揭穿你的人不一定比你笨。

撰文/佚名

河豚吃起来味道鲜美，但是如果处理不好的话，会使人中毒。

一天，一群朋友相聚。其中一个人说："有人送给我一些河豚，谁敢先品尝一下？"

大家想吃河豚又怕送命，所以没有人答话。

这时，有一个人建议说："桥头上有个乞丐，我们不妨让他先尝尝，然后我们看看情况再说。"众人纷纷说好。

他们烧了一锅河豚鱼汤后，送给乞丐一碗，告诉他说："这是河豚鱼汤，送你一碗尝尝。"

乞丐一边道谢，一边伸手接了过去。

大家回去后，耐住性子等了一会儿，然后蹑手蹑脚地走到桥头去查看，发现乞丐仍安然无恙，便放心大胆地回来美餐一顿。

吃完以后，这几个人得意地走上桥头，问乞丐："那碗河豚鱼汤的味道不错吧？"

乞丐反问道："你们已经吃过了？"

几人说："吃了，味道好极了！"

乞丐说："既然如此，那我就不客气了。"

说罢，他端起一直放在旁边的那碗河豚鱼汤，狼吞虎咽地吃了起来。

窗帘上的洞

事情看起来很小，可积聚多了就变成了大事。

撰文/佚名

我这个人睡觉有个毛病，就是夜里醒了爱看表，所以枕头边总是放个小手电。

去年十一，我突发灵感：我家住在二楼，邻着路边，窗户外正好有盏路灯，何不在窗帘上挖个洞，借路灯的光看挂在墙上的表呢？我把这个创意告诉老婆，可她当即否决说："什么破主意，亏你想得出来！"

但我心痒难忍，于是后来只要有机会，我就大谈在窗帘上挖洞的好处：第一可以不用手电，省了电池钱；第二在被窝里抬抬眼皮就可以看到表，省力；第三窗帘晚上才拉，白天收拢在一起，有洞也看不到，不影响美观。一大堆歪理轮番轰炸，再加上每晚只要我想看表，就大张旗鼓、翻来翻去地找手电，成心把老婆吵醒。一个月下来，备受煎熬的老婆终于同意了。其实挖的这个洞也不大，也就一根粉笔粗细。

过了一阵子，老婆说她夜里起来上洗手间，黑咕隆咚地找不到拖鞋，建议在窗帘上找个合适的角度挖个洞，让路灯的光照在她的拖鞋上。我能说什么呢，只好依了她。

　　没多久，儿子也闹着要在窗帘上挖个洞，因为他关灯后要玩一会儿玩具才能睡，他要一束光照在他的玩具上。于是窗帘上开了第三个洞。

　　今年元旦，小侄女到我家来住，得知我们的习惯后，她也吵着要在窗帘上挖一个洞，理由是她的仙人球要进行"光合作用"……

　　昨天，一个老同学前来拜访，觉得我家窗帘的料子很别致，就把它拉了出来。他一眼看到窗帘上四处分布的小洞，再透过窗户瞅瞅路对面的派出所，若有所思地说："看来，跟有枪的单位当邻居，还真是危险呀！"

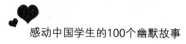

纯属意外

别盲目地做出承诺，还是先想到最坏的结果吧。

撰文/佚名

一天，在美国俄亥俄州的一条街道上，一个金黄色头发的小伙子正挨家挨户地推销吸尘器。可是很多人讨厌这种推销方式，他有时连门都敲不开。

过了很久，好不容易有一户人家开了门，从里面走出一个家庭主妇来。

小伙子看见有人出来，非常兴奋，忙不遗余力地推销起他带来的新产品。

他先清了清嗓子，然后介绍说："尊敬的女士，我敢向上帝保证，这将是您见过的最好的吸尘器。"说着，他将一袋事先准备好的垃圾倒在了门口。

"哦，天哪！你要干什么？"女主人忍不住尖叫起来。

　　"放心吧，女士。"小伙子镇静地安慰她说，"我现在向您展示的这台吸尘器是最棒的，别看它轻薄短小，但它却可以在最短的时间内将这些垃圾吸得干干净净，使地面不留一点儿痕迹。它是英国的设计师采用最新的……技术，利用……原理，再加上……总之，我向您承诺：假如它不能把这里收拾到令您完全满意的话，那么，我将会为您把地面舔干净！"

　　在听完了小伙子的长篇大论后，女主人耸了耸肩，看着他说："你要来点调料吗？要知道，这里已经停电两天了……"

辞职

有时候尝试逆向思维，可能就会扭转不利局面。

撰文/佚名

一天，朋友打电话让我到他新开的公司上班，许诺月工资3000元，这可是久旱逢甘霖哪。

我找上司把真实原因和盘托出，想办停薪留职。上司说："单位已经停止办停薪留职了。"于是我提出辞职。上司打着官腔说："你打个辞职报告吧，不过现在单位离不开你。你要安心工作，等我消息。"

我等了几天，辞职报告就是不批。为了能尽快批准，我迟到、早退，故意不按上司批示办，他指东我就向西，他让我撵狗我就打鸡。可是，上司仍很"沉稳"，就是不批报告。

我只好到商场买了贵重的烟酒，来到上司家里。他看了看我买的东西，语重心长地说："我也想早点给你批了，可办事情不以人的意志为转移啊，等领导凑齐了就批，放心！"我连忙感谢，满意地回去等好消息。

可是，辞职报告递上去两个月了，还是没有消息。朋友那边催得急，我只好将实情告诉了他。朋友听后，给我出了个主意。

第二天，我来到单位，用幸运的口气对上司说："我真是有福之人啊！多亏您没有批准我辞职，不然我就惨了……"

上司急切地问道："怎么了？"

"我朋友的公司破产了……"我摊摊手无奈地说。

下午，我的辞职报告就批下来了。

聪明的狗

别对别人太苛刻，因为你认为简单的事情，对于别人却不一定。

撰文/佚名

一天，有个屠夫正在店里忙。一只狗突然跑了进来。

屠夫定睛一瞧，发现狗嘴里叼着一个袋子，袋子外面露出半张纸条。屠夫抽出纸条打开一看，只见上面写着："我要买12根香肠和一只羊腿，钱在袋子里。"屠夫往袋子里一看，钱果然在那儿。于是他收起钱，把香肠和羊腿装进袋子。

这时快打烊了，屠夫心血来潮，关了店门跟在狗后面，想看个究竟。

狗不慌不忙地穿过一条街道，来到一个十字路口，放下嘴里的袋子，跳起来用爪子按下了旁边的红绿灯按钮。接着它就蹲在地上耐心地等到绿灯亮，然后叼起袋子，穿过马路。屠夫紧紧地跟了上去。接着，狗走到一个公交车站牌前，仰起头看看上面的路线表。弄清楚路线后，它就蹲在旁边的一个座位上等车。过了几分钟，来了一辆车。狗站了起

来，看了一下车次，然后爬上了车。屠夫赶紧也跳上了车。

公交车穿过市区来到郊区。一路上，狗静静地看着车外的风景。过了好长时间，它站了起来，走到后门，等车停下来后，叼着袋子跳下车。屠夫也跟着下了车。

接着，狗顺着公路来到一所房子前，放下嘴里的袋子，用脚爪敲门。敲了一阵，见无人应答，于是狗就跳上旁边的一面矮墙，接着跳进了花园，然后爬上窗户，用头撞了几下窗玻璃，接着回到门外，蹲在地上静静地等待。屠夫越看越糊涂。

正在这时，突然门开了，一个大汉走出来，抬起脚向狗狠狠踢去，一边踢一边骂。屠夫愤愤不平，他一个箭步冲上去，训斥那个大汉说："你到底在干什么？这是一只多么聪明的狗，它绝对能成为电视明星！"

大汉一声冷笑，嘲弄地对他说："聪明？我的天，这可是它本周第二次忘带钥匙了！"

打猎之旅

对于那些无知的人，我们需要更多的宽容。

撰文/佚名

星期六早上，猎人杰克兴致勃勃地醒来，准备去捕猎这个季节的第一只鹿。他下楼到厨房去喝咖啡，惊奇地发现妻子爱丽斯身着迷彩服站在那里。

杰克问妻子："你要干什么去？"

爱丽斯笑着说："我要和你一起去打猎！"

杰克尽管有很多理由拒绝，但还是不情愿地带上了她。

一会儿他们就到了打猎的地方。杰克把妻子安置在一棵树旁，并且告诉她："当你看到一头鹿时，就小心地瞄准。我一听到枪声就马上赶回来。"

杰克笑着走开了，因为他知道爱丽斯连一头象都瞄不准，更别说小小的一头鹿了。可是还没有十分钟，他就惊讶地听到了一连串的枪声。

杰克迅速地往回跑。接近她站着的地方时，他听到爱丽斯的尖叫声："从我的鹿身旁滚开！"

杰克更加迷惑了，加快速度朝尖叫着的妻子跑去。这时他又听到了她的喊声："从我的鹿身旁滚开！"紧跟着又是一串枪声。

他见到妻子时，感觉非常惊讶，因为她的面前站着一个将手高高举向天空的牛仔。

牛仔明显气得发狂，但嘴里说着："女士，好了！你把你的鹿拿走吧！不过你得让我把马鞍取下来！"

大水冲了龙王庙

每个人都扮演着很多种角色，而且时刻进行着角色转换。

撰文/郭莹

我是做人寿保险的，上周从一家俱乐部搞到一份会员通讯录，周一一上班，就挨个儿打电话过去推销。快中午了，我想，再打一个就去吃饭。

电话通了，我问："您是黄先生吗？"对方回答是。我说："您好，我是××保险公司的，我们新推出一种终身寿险产品，向您介绍一下。"

"对不起，我现在没空！"

我耐心地说："就占用您几分钟时间。我们是外资企业，回报率是很高的，还可以帮您办信用卡。"

"噢？有多高啊？"看来有戏，于是我熟练地把一大堆数据报给他。他想了一下说："听起来不错，不过我还有个问题。"我忙说："有什么问题您尽管问，我一定知无不言、言无不尽。"

"口说无凭，我怎么确定你的身份呢，现在骗子这么多。""您放心，我可以登门拜访！""眼见不一定为实，书面的东西也可能造假啊！"

真难对付！我想了想说："这样吧，我把我的资料给你，你可以到我们公司查询。""好吧，那我来问你，你可要老实回答！""好吧！"

"你的姓名、年龄、手机、通讯地址……"我都告诉了他。然后他又问："既然这种保险这么好，你买了吗？"我说当然买了，还有我老公、弟弟、父母都买了。

他语气一转："那你们家的房子、家电都买保险了吗？"我实话说没有，觉得没必要。

他激动起来："光有寿险不叫真保险，你想想，假如房子被烧了，或者家里的东西被偷光了，那日子怎么过呀，总不能睡大街上吧，到时候寿险能帮上什么忙呢？"我忙说："那是、那是。"

他马上接着说："郭小姐，买一份财险吧，我是××保险公司的，我们新推出一种财险产品……"

大学法律课

谎言终究会被拆穿，正如纸包不住火。

撰文/佚名

大二的时候，我们选修了法律课。法律老师有个癖好，那就是喜欢提问，而且提问之前必定高声重复一遍问题。

有一次我们正在上《民法通则》，突然老师又提高声音开始提问。所有同学都恐惧地盯着老师，心里默默祈祷自己不会被他在名册里点中。"25号！"老师点道。教室里一片沉默。张三正在发呆。

"25号——张三！来了没有？"老师重复道。刷！整个教室的人都看着张三。

"没来！"张三大叫。同学们都愣了，不过很快又开始佩服张三的勇气。

"为什么没来？"老师又问。

"他病了！"张三无奈，只得撒谎。全班一阵哄堂大笑。

　　"太不像话了，回去告诉他，让他下午到办公室来找我！"全班同学又是一场大笑。

　　张三正在为逃过一个问题而庆幸时，老师又补充道："那这个问题你替他回答吧！"

　　"啊？"张三极不情愿地站起来，郁闷之情可想而知。教室里已经有人笑痛肚子了。

　　"报告老师，这个问题我不会回答。"张三心想反正也不会答，于是理直气壮起来。

　　"那好，下午两点和张三一起到我办公室来！"老师怒气冲冲地说道。所有同学都笑个不停。

　　从此，法律课无一人敢说某某没来。

多此一举

解决问题的办法很多，但是一定要找到最适合你自己的那个。

撰文/佚名

军队征召动物们从军打仗，于是森林里的动物不管愿意与否，全都被叫来体检。

排在第一位的猴子不想从军。他想了想，最后眼睛盯在自己的长尾巴上。他一咬牙，狠下心来把它折断，然后进了体检处。

军医帮他检查一番后，说："既然猴子的尾巴断了，是残障，那么就不用当兵了……"

排在第二位的兔子也不想从军，当他看到猴子的行为后，毅然决然地把自己的两只长耳朵折断了，然后进了体检处。

军医帮他仔细检查后，说："兔子的耳朵都断了，是残障，也不用当兵了……"

排在第三位的黑熊也不想从军。他想：我的耳朵那么短，尾巴也不

长，我该怎么办呢?

好心的猴子和兔子来帮他想办法。

忽然猴子说: "我想到一个好办法: 把你的牙齿打断, 那样你就算残障了, 就不用当兵了! "

黑熊也觉得这是个不错的主意。于是猴子和兔子狠狠地打了黑熊一顿, 直到把他的牙齿全部打断, 不放过一颗。

黑熊虽然很痛, 但还是很开心地进去体检了。

不一会儿, 黑熊捂着嘴出来, 边跑边哭着说: "他们说我不用当兵了! "

"那你还哭什么? "猴子和兔子都很奇怪。

黑熊哭得更厉害了, 说: "你们知道他们是怎么说的吗? 他们说我太胖, 才不能从军的。"

飞向大海的鸟

如果事先不做好调查的话，也许只会做一些无用功。

撰文/凡夫

一群鸟儿生活在沙漠边缘。那里阳光暴烈，空气干燥，食物奇缺……最难以忍受的，是那里水贵如金。它们常常渴得嗓子冒烟，翅膀发软，但找水却难似登天。

一天，一只鸟儿提议说："我听说大海里有很多水，无边无际，多得无法计算。我们不如搬到海边去居住，何必死守在这个严重缺水的鬼地方呢？"

另一只鸟儿说："想法确实很好，但大海离我们太遥远了，我们能飞到那里吗？"

"不管大海有多远，只要不灰心，我们总可以飞到的！"

"对，我们齐心协力，再远也不怕！"

赞成搬迁的鸟儿很快聚集到一块儿，向海边飞去。

飞往大海的路真是千难万险：有时，狂风暴雨劈头盖脸地打来；有时，高山挡住去路；有时，疲劳疾病摧残身体。但是，这一切都无法动摇它们飞向大海的决心。

一路上，同伴们一个个地倒下了。但是剩下的仍然不屈不挠地向大海飞去。

一天又一天，它们终于飞到了大海边！看到眼前一望无际的海水，它们激动得大哭。

鸟儿们用力地挥动双翅扑向大海，伸长脖子，准备痛痛快快地喝个够。可是，刚喝了一口，一个个又都哇哇地吐出来。它们怎么也没有想到：海水竟然这么咸、这么涩！

鸟儿们呆了：在来大海之前，居然忘了问海水能不能喝！

付账

要记住，"气壮"并不一定代表一个人"理直"哦！

撰文/佚名

一天，杰克在一间小酒吧里喝酒。在喝完第十杯啤酒后，他站起身，准备回家。

这时，侍者上前说道："先生，请付了钱再走。"

"我不是已经付过了吗？难道你忘了！"杰克佯装生气地呵斥道。

"嗯，这个，如果你记得付过了，那就一定是付过了吧。"侍者不是很确信，但还是让他走了。

杰克走出酒吧后遇到了彼得，接着把侍者记不清是否付账的事一五一十地告诉了彼得。

彼得如法炮制，在喝完第十五杯啤酒后，起身便往外走。

"对不起，先生，您付钱了吗？"侍者问道。

"我付过了！难道你不记得了吗？你这么问简直是对我的侮辱！把

你们老板叫来！"彼得变本加厉。

"嗯，这个，如果你真的确定已经付过了，那我就相信你。"侍者有些犹豫，但还是让他走了。

彼得出去后又把这件事告诉了戴维。

戴维旧戏重演，在吧台边上喝了二十杯还不打算离去。

这时，侍者上前和戴维闲聊起来："你可能不会相信，今晚有两个人明明没有付账，却比谁都理直气壮，硬说自己付过了。要是谁还敢跟我来这一套，我就打扁他的鼻子！"

"我可没时间听你发牢骚，快把零钱找给我，我还要赶路呢！"戴维面不改色地催促道。

盖住影子

不按照客观规律办事是不行的，那样只会犯错。

撰文/佚名

士兵们刚刚移驻到沙漠里。因为他们以前从来没有到过这样的地方，所以要学习的东西很多。

沙漠里没有树木和建筑物，要使他们的卡车躲过敌机当然是很难办到的，因此士兵们受训进行伪装，也就是说，要把卡车隐蔽起来，不让敌人看到它在哪里。

整整一个上午，士兵们被教会如何用浅绿、深绿和黄色在卡车上涂上不规则的图形，然后用网罩住它们等等。

有一个司机的卡车最大，因此他为伪装它花费了很大的力气。他用了几个小时涂画这辆车，准备了一张网并且找到了一些大石块来把网固定好。这一切都干完以后，他自豪地打量了自己的杰作，然后就吃午饭去了。

但当他吃完饭回到卡车旁时，发现自己的伪装效果全被卡车的影子破坏了，而且影子还随着太阳的西沉而越来越长。

他感到既吃惊又发愁，站在那里望着影子，不知怎么办才好。

不一会儿，一位军官走来，显然他也看见了影子。

"喂，"他对那位可怜的司机叫道，"你准备怎么办？如果敌机飞过，飞行员马上就会知道这里有一辆卡车的。"

"我明白，长官。"士兵答道。

"嘿！不要光站在那里发呆了！"军官喊道。

"我该怎么办呢，长官？"司机可怜巴巴地问。

"当然是拿起你的铲子，用沙子把影子盖住呀！"军官不假思索地答道。

赶火车

如果没有特定的目标，只是跟着别人往前冲，到最后只能是徒劳无功。

撰文/佚名

一天，三名男子准备赶火车。他们一起到了火车站，发现南下的火车已经开走了。虽然他们心里十分扫兴，但也没有办法，只好买了车票，等待下一班火车。

于是三名男子就一起到铁路餐厅里吃东西，聊天，以此消磨时间。话匣子一开，他们就开始七嘴八舌起来，谈得十分起劲，以至于把时间给忘了。

他们猛然想起火车开车的时间到了，便赶紧抓起行李，飞快地冲向站台。

此时，火车已经准时缓缓开动，于是三人急忙沿着站台追赶逐渐开走的火车。

前面两个人的速度比较快，终于在千钧一发之际，跳上了火车的最后一节车厢！

但是第三个人因为行李比较重，跑得慢，所以没有赶上火车，只好气喘吁吁地看着另外两个人随火车渐行而去。

突然，那个没有赶上火车的男子站在站台上，忍不住"哈哈哈"地大笑起来。

"你怎么了？没赶上火车，你怎么还哈哈大笑呢？"检票员在一旁不解地问。

"您瞧，刚刚冲上火车的那两个朋友，"那人忍住笑说，"是来为我送行的！"

感谢信

帮助别人之前最好询问清楚，否则可能会好心办坏事。

撰文/佚名

美国波特兰州立大学有一位老教授，他不仅在学术上有所建树，而且做事十分讲求效率，也很懂得人情世故，所以桃李满天下，深受学生们的爱戴和欢迎。

有一年暑假，这位教授计划从西海岸到东海岸，开车做一次长途旅行。他心想，沿途一定会有许多学生招待他，或吃或住，所以他就根据学生的毕业纪念册，拟了一条旅行路线，而且把可能招待他的学生，都请女秘书事先写好一封感谢信。

接着，女秘书把每封感谢信封好、贴上邮票，并用橡皮筋捆在一起，放进旅行袋中。算一算，感谢信至少也有二三十封，教授可以在接受招待后的第二天就立即寄出，以示诚挚的感谢。

第一天，教授一路开车到达旧金山。他感到十分疲惫，就在一家小旅店休息了一夜。

第二天，他继续开车向东前进，一直抵达了犹他州的盐湖城。

当晚，当教授在旅店检查行李时，突然发现那捆预先写好的感谢信不见了。

他想，它们一定是掉在旧金山的旅店里了，于是赶快打电话去问："请问，你们是不是在我的房间里，发现了一捆要寄的信呢？"

"有啊，我们发现了您有一捆没寄的信。"旅店的女服务生很客气地回答，"不过您可以放心，为了帮您服务，我早上就把信全部丢进邮筒寄出去了！"

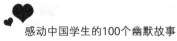

高尔夫有多高

千万别认为自己有多高贵，其实你和普通人在本质上是一样的。

撰文/孙未

最近一段时间，迈克努力地练习高尔夫球，而且把品牌球包和一堆球杆摆在自己的办公室里做装饰。因为他发现，这两年高尔夫成了朋友中间必不可少的话题。如果你没有好好练习这项贵族运动，就会被大家用审视的眼光睥睨，好像是说，这小子是怎么混成有钱人的！

迈克的祖先并不是什么贵族，只是平民出身。然而，看他现在一身名贵的行头，每个周末徜徉于绿意盎然的广阔球场，挥动高尔夫球杆，雪白的小球高飞蓝天，这幕情景好不风雅。他对高尔夫的热衷，和每周长时间打球形成的高超球技，在朋友圈子中被传为美谈。这项高尚运动让他脱胎换骨，几乎成了一个天生的贵族，包括他在球场上越晒越黑的脸，和长满高尔夫老茧的手。

五一长假，迈克回老家省亲。从小把他带大的奶奶，还在浙江的农村种地度日。吃饭间，奶奶连连给他搛菜，搛着搛着却哭了起来，说："你在外面一定很辛苦，如果过不下去了，就回老家来吧。这里再穷，也不怕多一双筷子。"

迈克不知奶奶何出此言，连忙道："我过得真的很好啊……"奶奶打断了他的话："孩子，你总说在城里是做老板的，可是看你晒得这么黑，还有一手的茧子，你分明是天天干体力活儿啊。你就不用每次回来假装了，在外面卖体力，还不如回家来种地呢，多少还有个照应。"

此时，迈克想到了自己的高尔夫球杆，和农民的锄头不无相似。而且一天走十几公里，比种地还辛苦。奶奶说出了朴素的真理，卖力气地打高尔夫球，和回家种地，其实也没什么不同。

高科技手表

要知道，这世界上没有绝对完美的东西。

撰文/水淼

一天，在一座飞机场前。一个人想赶飞机，却忘记了带手表，于是他想找个人问问时间。

这时，他看见一个人提着两个巨大的手提箱吃力地走了过来。那人的手腕上戴着一块异常漂亮的手表。

"请问，几点了？"他问道。

"哪个国家的时间？"那人反问。

"哦？"这个人感到很奇怪，"你都知道哪些国家的时间呢？"

"所有的国家。"那人回答道。

"哇！那可真是一块好表呀！"

"还不止这些呢，这块表还有GPS卫星定位系统，可以随时收发电子邮件、传真，这个彩色的屏幕还可以收看NTSC制式的电视节目。"那

人给他逐一演示，果真如此！

"啊！真是太神奇了，我真想拥有一块这样的手表。您可以把它卖给我吗？"这个人充满了无限的期待。

"说实话，我已经烦透这块表了。这样吧，900美元，如何？"

这个人觉得有点贵，但是他太喜欢这块表了，于是马上掏出现金，给了那人900美元，说："成交！"

"好的，现在，它是你的了。"那人如释重负，把手表交给他，"这个是你的手表。"

这个人欢天喜地地戴上这块神奇的手表后，转身就要走。

"先生，请等一下！"那人又叫住了他。

"怎么，我不是已经付过钱了吗？"这个人疑惑地问。

"是的，但是你忘记拿东西了。"那人指着地上的两个大箱子说，"这两个是电池！"

恭维

不经思考就说话或做事，只会闹出笑话。

撰文/黄健

王局长生病了，其实也没什么大恙，只不过是重感冒而已。

晚上，刘科长带着礼品去王局长家探望，恰好局长一家人都在。看见刘科长带着厚礼前来，王局长臃肿的脸上立刻堆满了笑容，嘴上却说："你看你，小刘，你这是干嘛呢，让别人看见了影响多不好。以后可不许再搞这一套了！"

刘科长立即恭敬地说："知道了，王局长，下不为例嘛。"

王局长坐起身子，拉着刘科长的手，说："小刘你来，我为你介绍一下，这几位都是我的家人。"他指指坐在自己身旁的肥胖女人，说："这是我老伴。"刘科长立刻恭恭敬敬地叫道："夫人好！请问夫人在哪儿高就啊？"王局长哈哈大笑，说道："她呀，现在在家当全职太太。"刘科长马上说："好啊！一个成功的男人身后必定有一个伟大的女人。夫人一定为局长作出了很多牺牲，精神可嘉呀！"夫人听了，脸上立刻乐开了花。

王局长又指着一位青年说："这是犬子，月亮湾娱乐公司总经理。"刘科长立刻握住青年的手，赞叹道："公子真是年轻有为啊！前途无可限量，无可限量！"局长的儿子听了，脸上不觉露出得意之色。

王局长又指着儿子身边的年轻女子说："这是我儿媳，阳光私立学校校长。"刘科长立刻露出无比钦佩的神情，啧啧称赞："了不起，了不起，真不愧是女中豪杰，巾帼英雄！"

最后，王局长又指指一旁正在吃水果的小孩子说："这是我孙子，刚上幼儿园。"

刘科长脱口而出："哇，这孩子这么小就成了局长的孙子了，真是长江后浪推前浪呀！"

故事的意义

不是所有的事情都有十分重大的意义的。

撰文/佚名

有一天要下课时，老师让全班同学回家后构思一个故事，并且要讲出这个故事所包含的意义。

第二天，老师鼓励第一个自告奋勇的学生到讲台旁，面向全班同学讲述自己准备的故事。

小苏兹举起了她的手。

她登上讲台，说："我爸爸有一个农场，每个星期天我们都把所有的鸡蛋装进篮子，再放到卡车上，送到城里的市场上去卖。但是有一个星期天，我们的卡车在路上撞了一下，结果所有的鸡蛋都从篮子里飞出来，跌落到地上了。"

老师问这个故事的意义是什么。小苏兹回答："不要把所有的鸡蛋都装在一个篮子里。"

下一位是小比利。

他说："我叔叔泰德参加了第二次世界大战的战斗。他的飞机在经过敌占区上空时被炮火击中，他在飞机坠毁前跳了伞，当时身上只带了一罐啤酒、一挺机枪和一把弯刀。在下落的过程中，他喝下了那罐啤酒。不幸的是，他正落到100名德国士兵中间。他先用机枪毙了70个敌人。子弹打光后，他用弯刀杀死了20个敌人。弯刀卷了刃以后，他又赤手空拳打死了10个敌人。"

老师吃惊地看着小比利，问他这个故事有什么意义。

"当然有意义，"小比利回答道，"泰德叔叔喝醉后可不要惹他。"

广告自留地

小心自己被别人利用时还蒙在鼓里。

撰文/余维庆

　　王大妈早上起床，发现外墙又贴满了乱七八糟的小广告。她家的房子临街，而且处于繁华路段。虽然隔几天清理一次，但那些广告却层层叠叠屡撕不绝。这让王大妈感到很苦恼。

　　孙子王强是学经济专业的，他笑着说："既然咱家的'广告位'这么热门，何不收收租金呢？反正您每天也就在门口打打麻将聊聊天的。"说干就干，他还真的在墙上用红漆规划出一个广告栏来，分了类，又拟定了收费标准：20cm×20cm的每月月租4元，50cm×50cm的月租……附近的小广告平时到处乱贴，不是被撕就是被覆盖，笔墨纸张浪费不少，效果却不是很好。王大妈这边收费便宜，而且还多了个管理员，还真有些贴广告的找上门来交费。

　　王大妈每月多了些零花钱，也上心了。她白天摆个小板凳在那守着，晚上还偶尔来巡夜。那些被人在夜里偷贴上的广告，白天也会被她清理掉；而那些遭破坏的客户广告，她就拿糨糊给修补好。王大妈虽说不识字，可一个月下来，也能落入一两百块的零花钱，她觉得很高兴。

经营了几个月，生意却慢慢地惨淡下来，一些老客户也都撤掉了。王大妈虽然心里疑惑，但是也没怎么去想。这一天孙子王强从学校放假回家，听王大妈说了这件事，就走过去参观了一下，然后他竟哈哈大笑起来，指着一张广告说："奶奶，你被人骗了！"

那张广告是王大妈最大的固定客户，只见上面写着："广告位招租，位于繁华路段的××街广告栏是您理想的选择。20cm×20cm的每月月租2元，50cm×50cm的月租……"

鬼心眼儿

要记住，你信赖的人也可能背叛你。

撰文/佚名

在土耳其的一个小镇里，刚刚发生了一宗银行抢劫案。劫匪抢劫了大批现金后逃离了现场。

警察接到消息后，急忙出动，封锁了现场。从蛛丝马迹中，警长很快查到了劫匪的去向。

就在劫匪刚刚把钱藏好时，警察赶来将他逮捕了。由于劫匪是从太平洋的那一边偷渡过来的，又不会讲英文，警长只好请来格拉斯当翻译。

"你将从银行抢来的钱藏到哪里去了？"警长问。

格拉斯将这句话翻译出来，然后问劫匪。

劫匪显然能够听懂格拉斯的话，但他就是不开口。

经过一个小时枪炮轰炸似的拷问，劫匪仍咬紧牙关，坚持不肯说出

钱藏在哪里。

又经过几个小时软硬兼施的拷问，劫匪仍旧顽抗到底，闭口不提藏钱的事。

时间过去了这么久，劫匪仍没有一点儿松口的意思。没办法，警长只好扮起黑脸，咆哮着叫格拉斯翻译给劫匪："告诉他，如果他再不说，就把他枪毙！"

格拉斯当时就忠实地把警长的意思传达给劫匪。

劫匪的心理防线终于崩溃了，他吓得战战兢兢，语无伦次，慌忙对着格拉斯招供："麻烦你告诉他，钱就藏在镇中央的井里，求你叫他饶我一命吧！"

不料，格拉斯转过头来，神情凝重地对警长说："这家伙嘴硬，宁死不招。他刚才说，让你毙了他吧！"

害臊

尽量做一个让大家喜欢的人吧，那样你会更快乐。

撰文/佚名

南斯雷丁的绝大多数邻居都是容易相处、令人愉快的人。他们在遇到麻烦事时，随时都能热心地互相照顾。不过，在这条街上，也住着这样一位妇人，人人都讨厌她。因为她老是鼻子伸得长长的去干涉别人的事，而且，她还老是向别人借东西，而这些东西又大多"忘记"归还。

一天清晨，南斯雷丁刚起床，便听到有人敲他家的大门。他赶紧去开了门，发现那个讨厌的妇人正站在门外。

"早上好，南斯雷丁，"那妇人笑嘻嘻地对他说，"今天我要上城里的姐姐家去，当然了，我要带些东西送去，可是你看，我们家没有驴子，所以，我想向你借头驴子。我晚上回来就还你。"南斯雷丁立刻想起了自己的那些"马上就还的"汤锅、鸡、鱼……的命运。于是，南斯雷丁叹了口气说："很对不起，要是我的驴子在家里，我自然很高兴把它借给你，可是不巧得很，驴子不在。"

"哦？"那妇人有点儿不高兴了，"它昨天晚上还在吧？我看见它就在你家的后院里。它到哪儿去了？"

"我妻子今天一大早就牵着它上城里去了……"可就在这时，后院的驴子竟然大叫了起来。

"你在撒谎，南斯雷丁！"那妇人拉长了脸，怒气冲冲地叫了起来，"我听见你的驴子在叫呢！你真该为自己害臊，因为你竟然对你的邻居撒谎！"

"该为自己害臊的是你，而不是我！"南斯雷丁不慌不忙地回答，"你竟然不相信你的邻居，而去相信一头驴子的话！"

后果可怕

不要一味地用同一种方式思考，因为每件事情都是不同的。

撰文/佚名

这天，刚刚四岁的小乔治突然感到喉咙很不舒服，于是他告诉了爸爸。爸爸马上带他来到了医院。

医生在给小乔治做了全面细致的检查以后，说："小家伙，看来你的扁桃腺发炎了，最好把它切除。"手术进行得很顺利，不久以后，小乔治恢复了健康。

可是半年以后，小乔治又觉得腹部疼痛难忍。爸爸再次带他来到那家医院，又找到上次那位医生。

医生又给他做了一系列的检查，然后说："小家伙，你的阑尾发炎了，必须把它切除。"于是，可怜的小乔治又做了阑尾炎手术。手术很成功，不久之后，他痊愈了。

又过去了几个月，这天上午，小乔治又跟着爸爸愁眉苦脸地来医院找那位医生。

医生认出了他，笑着问："小家伙，你又哪儿不舒服了？"

小乔治低着头不说话。

"到底怎么了？很严重吗？"医生又问。

小乔治将头压得更低了。

"怎么了，我的孩子，快将你的症状告诉医生呀。"爸爸轻声对他说道。

这时，小乔治终于慢慢抬起头来，看了看爸爸，又看了看医生，好半天才鼓起勇气说："医生，我实在不敢对您说。您知道吗，这次我头疼！"

后继有人

凡事不要太悲观，因为可能会出现意想不到的结果。

撰文/佚名

有一个扒手在外省做得非常成功，于是想到伦敦去碰碰运气。后来，他在伦敦获得了更大的成功。

一天，他正在牛津街上忙着，突然发现自己的钱包被人偷走了。他向四周张望了一下，看到一个非常迷人的金发姑娘正向远处走去。他一眼就认出那正是偷他钱包的人。他想：我已经是全伦敦最了不起的扒手了，没想到这位姑娘与我同样出色。如果我们结婚的话，肯定会生出世界上最伟大的扒手来。于是他就向姑娘求了婚，姑娘愉快地接受了。

两个扒手结婚后不到一年，就有了一个很漂亮的儿子。但这个孩子的右手臂有些畸形，胳膊弯在胸前，那只小手永远攥着拳头，无论用什么办法都不能使他的手指伸直。两个扒手非常伤心，他们说："他永远不能成为一个扒手了，因为他的右手肯定瘫痪了。"他们把孩子带到医生那儿，医生说孩子还太小，必须等几年再看。但是他们不愿意等，所以又去找别的医生。最后他们来到一个最好的儿科医生面前。

儿科医生掏出一块金表，想测定一下那条瘫痪手臂的脉搏。他说："似乎没有什么不正常。你们瞧，这孩子多么聪明，他的两只眼睛正盯着我的金表呢。"他把表在孩子的眼前来回晃动，孩子的眼睛紧紧地追随着它，散发着光芒。突然，那条弯曲的右手臂开始伸直了，伸向那块金表。

正在这时，只听到"当"的一声，从孩子的手心里掉下一只结婚戒指来。这时，扒手才想起来，孩子降生时助产士说丢了戒指。

互发短信

如果你厌倦了被动的话，完全可以把事情转换为主动。

撰文/刘克升

这天，我来到王经理的办公室，准备向他汇报一起客户投诉的处理情况。

突然，王经理的手机"叮"地响了一下。听声音可以判断出：有人给他发短信了。

王经理打开短信看了一下，露出不耐烦的神情，挥了挥手，示意我继续汇报。

我刚接着汇报了两句，没想到这个时候王经理的手机"叮"地又响了一下。

"和前一条短信的内容是一样的！"王经理打开新收的短信看了看，皱着眉头念了起来，"尊敬的客户！为了给您的生活增添一份欢乐，我们通信公司将不定期地向您提供精彩短信，每条短信按照优惠价

进行收费。如果不愿意接收，请编辑短信发送到……"

"这不是典型的不同意的请举手吗？"王经理拿起圆珠笔，在便笺上飞快地写了几行字，"刘秘书，你把我写的这些内容编辑成短信，马上给通信公司的黄总发过去！你给我记好了，每隔五分钟给他重发一次，直到他回复为止！"

我从王经理手里接过那张便笺一看，只见上面写的是："尊敬的客户！为了保障计费准确，我们供电公司将对您所居住的小区的电表进行统一更换，仅收取部分耗材费、施工费。如不愿意更换，请编辑短信发送到……"

狐狸吃葡萄

千万别忘了你当初的信念，否则会迷失了自己。

撰文/佚名

一天，一只狐狸来到一个葡萄架下，看见葡萄藤上结了很多串葡萄，于是就使劲儿地往上跳，想咬下一串来。但是葡萄架很高，狐狸第一次试跳没有咬到葡萄。狐狸想，这串葡萄不好，瞧它长的样子，外面看着不错，味道肯定不好。

狐狸瞄准另外一串葡萄跳了上去，可惜这次又没碰着。狐狸想，这串葡萄也不好，肯定施过化肥，绝对不是绿色食品，要不然就是注水葡萄。幸亏没吃着，否则他还得去医院看病。

第三次试跳，狐狸依然没有成功。这时不知从哪传来了稀稀拉拉的掌声，原来树上落着几只前来看热闹的乌鸦。狐狸只好向它们鞠躬还礼，表示感谢。

狐狸有点儿累了，蹲下来呼哧、呼哧地喘气。它心想，这时候要是

有个教练递给我一瓶矿泉水，再给我讲讲动作要领，布置一下战术，那
该有多好啊！一生能有几回搏？让我最后再跳一次，我就不信跳不过这
个破葡萄架。狐狸转动着眼珠，四下寻找，终于找到了一根长竹竿。它
抓住竹竿，后退了几步，举手向周围示意，请乌鸦们给予掌声鼓励。然
后狐狸提竿快步向葡萄藤奔去，竹竿头准确地插入了地面，竹竿将狐狸
高高荡起，然后是漂亮的抛竿动作，自由下坠，狐狸成功地跃过了高高
的葡萄架，安全地落到了松软的草地上。

　　这时候，一只乌鸦从树上飞了下来，向狐狸献上了一束野花。狐狸
手捧着野花，心情非常激动，多少年的期盼，多少代狐狸的努力，终于
迎来了这胜利的一刻！但是狐狸很快就冷静下
来了，心想，葡萄在哪儿呢？我这不是
白跳了吗？

婚介所的电话

世上没有不透风的墙，说谎话自然会露出马脚的。

撰文/邬锦晖

"喂，电信局吗？我是'心连心婚介所'。我的办公电话出现了故障。电话打不出，也打不进。对，可能是线路问题。请你们赶快派人来检修一下。地址？市胜利路238号。好，谢谢！"胡所长打完电话，顺手将手机放在座机旁。还没等她缓过神来，手机又响了。

"哦，是小青啊，怎么还没来上班？你打过电话？对，办公室电话坏了，我正叫人来修呢。什么？今天又有两个外地老板要来这儿登记？太好了，那你快过来吧。好，再见！"听说有人来登记，胡所长高兴得像个小孩子似的，甭提有多开心了。

"心连心婚介所"是胡所长从市妇联退休后开办的，开张还不到一个月，生意不错，报名征婚的人数已超过一百对。从营业以来，办公室的电话就接个不停。电话对于胡所长来说，真是太重要了！但就在这个时候，偏偏电话出了问题，这不是要胡所长的命吗。

正当胡所长为电话一事心急如焚时，从外面走进一个40岁左右的中年妇女。她一进门就冲着胡所长问："你是胡所长吧？"胡所长以为对方是来征婚的，高兴地迎上前去："这位小妹，你是来征婚的吧？"一边让坐，一边给对方倒了杯水。"我不是来征婚的，我要退钱！"中年妇女满脸不悦地说。胡所长一听，觉得不对劲儿，便笑着问道："你要退什么钱啊？"中年妇女喝了一口水，叹息说："我要退征婚登记的钱。你们说话不算数，说一个星期内帮我介绍个对象，可现在都过去十多天了，还没有消息。我还是去别的婚介所算了。"

到手的钱财怎么能随意送人呢？胡所长马上对中年妇女承诺说：

"小妹，这事可能是我的助手小青办的，她没有告诉我。我看这样吧，下午我给你一个准确答复。如果还不成的话，再退你钱，你看怎么样？"说着，她返回到办公桌前，拿起征婚登记本，从中选了一个对象，然后拿起电话准备打。电话里依旧没有声音，但聪明的胡所长决定将错就错。

"喂，刘总吗？我是'心连心婚介所'的胡所长。对，下午有空吗？我帮你物色到了一个对象，年龄在40岁左右。什么？哦，这个你放心，她长相很好，是个富婆相，你一看包中。哈哈，到时别忘了请我吃喜糖啊。那好吧，就这样。"胡所长拿着无声音的话筒胡扯了一通后，笑着对中年妇女说："小妹，我帮你联系好了，下午就等我的好消息吧。"中年妇女的脸上突然有了笑容，她站起身对胡所长说："大姐，那我就不打搅你了，你忙吧，我等你的消息。"

送走中年妇女后，胡所长瘫痪一般地倒在自己的转椅上，她看着眼前的电话，心里感叹道：刚才要不是电话解围，一大早就遇上麻烦了。

胡所长正想着，突然听到楼梯口响起了"橐橐"的皮鞋声，而且正慢慢地朝她的办公室走来。她以为又是来征婚的，便灵机一动，想有意制造一个假象，让别人感觉她的婚介所生意不错。于是，她趁着那人还没有走进办公室，拿起话筒，一边假装打一边看着门外："喂，你好，我是'心连心婚介所'。好，你说吧，我给你登记。年龄，35至45岁之间，个头1米6左右，长相要过得去。"正说着，小青带着一个中年男子走进了办公室。她向小青挥了挥手，示意他们等等。"我看这样吧，"胡所长继续说道，"你最好来一趟，到我办公室来谈。现在我这里征婚的人太多，忙不过来。什么，你准备来我这儿看看？那好吧，欢迎欢迎，我在办公室等你，再见！"

胡所长放下话筒，高兴地对小青说："小青，你来得正好，看我忙得连早饭都吃不上，一大早电话就接个不停。"当她看到中年男子后，满脸喜悦地问道："请问先生，你是来征婚的吗？"

小青"扑哧"一声笑了起来，俏皮地对她说："胡所长，这是电信局的张师傅，他是来帮我们检修电话线路的。"

假钱是这样花出去的

唯利是图反而会让一个人失去得更多。

撰文/丁文

这是一张毫无疑问的假钱，因为它已经经过5台验钞机的验证了。

我每月的收入就是单位里发的那些死工资，因此我可以断定，这张假钱是单位发的，但是，我没有任何证据。我手握这张假的一百元钱，感觉它在我的手里是沉甸甸的。别看这薄薄的一张纸，它可是我3天的劳动收入啊！我怎么舍得把它撕毁呢，我得把它"花"出去。

商店，我是断然不敢去的。现在商店的柜台上大多放着一台验钞机。要从他们的眼皮底下把这张假钱混过去，那几乎是不可能的事。

于是，我去了菜市场，把眼光瞄向那些老眼昏花的老头儿老太太。那个老头儿，看上去都有六七十岁了，挑了一担青菜在卖："绿油油的青菜，每斤只卖5毛钱！"我装模作样地挑着青菜，内心却作着激烈的思想斗争。要不要把假钱拿出来呢？要知道，他这一担青菜就是卖完了，

也卖不了50元钱啊。最后，我称了两斤菜，接着从口袋里摸出一个1元的硬币。

就这样，我在菜市场转了大半天，最终只买了两斤青菜。我泄气了，像我这样的人，终究是不能把假钱"花"出去的。突然听得"咕"的一声，我才发现自己还没有吃早饭呢。于是，我踱进一家小饭馆，要了一碗肉丝面吃了起来。

吃完之后，我问多少钱，老板说5元。我一惊，肉丝面一直都是3元一碗的。我把兜翻了个底朝天，只有4元钱。"我先给你4元，回头再给你1元行不？""想赖账是不是？你这样的人我见多了。"他一把抓过我手里的那张假钱，"这不是钱吗？"说着，利索地找了我95元。

我大气不敢出一口。真没想到，这张假钱最终竟以这样的方式"花"了出去。

简便的方法

不要以为受到别人关注只有益处，别忘了缺点也会被放大。

撰文/佚名

一天上午，早报的主编杰克斯泰然自若地走向一间阅览室。他想调查一下自己的报纸受欢迎的程度。

阅览室里面人很多，大家都在安静地阅读。杰克斯走进去看了看，很快被眼前的景象感动了：许多人伏在桌子上，仔仔细细地读他主编的那份早报。

"女士们，先生们，你们好！"杰克斯几乎不能自已，走上前去激动地说。

大家听到他的话语，纷纷停止阅读，抬起头看着他。

杰克斯见大家注意到了自己，于是热情洋溢地接着说："我是这份早报的主编，看到这么多人这样认真地阅读我们的报纸，我深受感动。感谢大家一直以来对我们的支持，同时欢迎大家提出宝贵的意见和建议，以便我们日后改进。请相信我们，我们将用尽全力，更加出色地做好这份报纸……"

"可是，主编大人，"一位青年接过了话题，挑了挑眉毛说，"您没有注意到我们在统计着什么吗？"

"这个……"聪明的杰克斯思索了片刻后说，"大家一定是在统计这份报纸上有几个印错的字吧？请大家放心，我们会继续努力，将差错率降到最低！"

"不，"那位青年皱着眉头，摇了摇头说，"我们没有那么多时间来统计印错的字，我们只是在统计印对的字！"

建筑速度

不要总是带着批判的眼光看别人的东西。

撰文/佚名

一天，某国的一个旅游团队乘坐着一辆大型游览车，在华盛顿进行城市观光。

一路上，司机边开车边进行解说。大家一边观览着城市的景色，一边赞叹城市建设的速度。

游览车来到一座高楼前，司机告诉大家："这栋大楼花了好几百万美元，用了一年半的时间就建成了。可以说是建筑史上的奇迹！"接着，大家唏嘘不已，都为如此高的建筑用如此短的时间就建成了而感到由衷地赞叹。

这时，人群中一位矮小的老妇人尖声说："在我们彼阿雷亚，建造这么一座楼，根本不用花这么多钱，也不用这么长时间。"司机闻言，没有说什么。

游览车开到了司法部大楼前，司机又解说道："这栋大楼花了数百万美元，用了两年的时间建成。"大家再次被震撼了，多么宏伟庄严的建筑啊！

这时，那位矮小的老妇人又把刚才说过的话重复了一遍。司机开始觉得不舒服了。

最后，汽车经过华盛顿纪念碑时，司机特地把车速放得很慢，却一句话也不说了。

这时，矮小的老妇人忍不住了，对司机大声嚷道："喂，司机，这是什么？"

司机头也没回，就说："对不起，太太！这个我可不知道。因为昨天这里还没有它呢！"

讲专业术语的效果

注意语言表达方式上的技巧，你将获得更大的成功。

撰文/佚名

一天，一个应聘者来到一家公司面试。他很快就见到了人事总监。

人事总监问："您对电脑懂多少？"

应聘者回答："略懂一二。我用过计算器，戴过电子表，喜欢玩电子游戏机，我还会用电视机和机顶盒上网跟国外的朋友聊天呢。还有，我看过同学用DOS删除文件。"

人事总监说："先生，对不起，您对我们行业一些知识的了解还处于较为低级的层面。"

应聘者并不灰心，一个月后，他又来到了这家公司。

人事总监又问："您对电脑懂多少？"

应聘者充满自信地说："我的头脑里没有电脑这个词，只有微型计算机这样一个概念。一般的超级掌上型硅单晶片时钟脉冲输出计算机

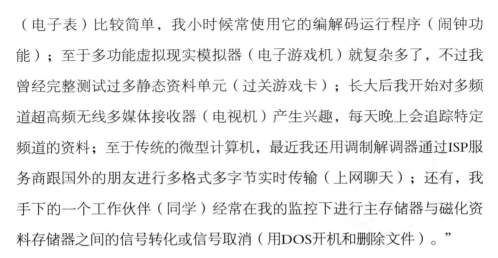

（电子表）比较简单，我小时候常使用它的编解码运行程序（闹钟功能）；至于多功能虚拟现实模拟器（电子游戏机）就复杂多了，不过我曾经完整测试过多静态资料单元（过关游戏卡）；长大后我开始对多频道超高频无线多媒体接收器（电视机）产生兴趣，每天晚上会追踪特定频道的资料；至于传统的微型计算机，最近我还用调制解调器通过ISP服务商跟国外的朋友进行多格式多字节实时传输（上网聊天）；还有，我手下的一个工作伙伴（同学）经常在我的监控下进行主存储器与磁化资料存储器之间的信号转化或信号取消（用DOS开机和删除文件）。"

人事总监听后，非常高兴地说："OK！请明天开始上班吧。你的配车在地下二层，这是钥匙。"

今年的冬天会很冷

不要迷信那些显得神秘的人或事物，因为那并不一定是科学。

撰文/佚名

深秋季节，一天比一天凉，一群印第安人来问他们的酋长："酋长大人，今年的冬天冷不冷？我们以便根据情况准备柴火过冬。"

酋长也说不准，但也不好直说不知道，就说："这个冬天肯定会很冷，大家要多准备过冬用的柴火，抵御寒冬。"于是大家就都赶紧回去准备柴火。

酋长是个认真负责的人。几天之后，他跑到电话亭里打电话给国家气象服务中心，问："请问是气象中心吗？您好，我想问个问题：今年冬天冷不冷？"

气象中心的人说："冷得很。"

酋长这才放心，回来后又通知了他的子民一遍："今年冬天会非常冷，要多准备柴火过冬。"

　　一个星期以后，酋长有点儿不放心，又给气象中心打电话咨询，被告知"今年冬天会非常非常冷"。

　　酋长再次通知子民：加大准备柴火的力度。

　　两个星期后，酋长又打电话到气象中心，结果被告知"非常非常非常冷"。

　　酋长急忙通知子民要把收集柴火当做头等大事来抓，尽一切努力收集柴火。

　　一个星期以后，酋长忍不住再次打电话过去询问。

　　气象中心的人用极其肯定的语气说："可以毫不怀疑地说，今年的冬天将是有史以来最冷的冬天，因为我们看见印第安人正疯狂地收集柴火。"

专家义诊，分文不取

精密仪器

骗子的骗术即使再高明，终究还是会被拆穿的。

撰文/一夫

星期天，我们一家三口去逛街。路过超市门口的广场，看见一张挂着"专家义诊，分文不取"标语的桌子旁，坐着一老一少两位白大褂。桌上摆着一台看上去比较复杂的仪器，几根电线一端连着仪器，一端连着晶亮的金属棒。

我停下脚步对那台与众不同的仪器多看了几眼。这时年少的白大褂喊住了我："来，这位先生，用我们这台进口精密仪器给您测测，如果肠胃有毛病，一测便知，要不了一分钟时间，而且这是免费的。"

我半是好玩儿半是好奇地坐了下来，开始接受测试。年少的白大褂熟练地打开仪器开关，拿着那根连着电线的金属棒戳向了我的手心。瞬间我的手心奇酸奇麻，难受得我又喊又叫，差点儿跳起来。

两位白大褂看到我如此反应，都十分惊讶，异口同声地说："差点儿就跳起来了，想不到你的肠胃病这么严重。"

我疑惑不解地说："可我平时能吃能喝，一点儿感觉也没有呀。"

年老的白大褂笑了笑说："我们这台精密仪器国内独一无二，灵得很。像你这样的剧烈反应我们还很少见，如果不及时治疗，恐怕……"

见我头上开始冒汗，年少的白大褂又说："我以前也不注意身体，后来用这台精密仪器测的时候，也差点儿跳起来，发现自己肠胃病挺严重，我就及时吃了这种药，现在全好了。"说着从桌子底下的纸箱里拿出几大盒药。

就在妻子和我都心里发虚，与两位白大褂开始大谈药价的时候，意想不到的场面出现了：只见年少的白大褂突然惨叫一声，身体高高地跳了起来。

你猜怎么着，原来是我那淘气贪玩儿的儿子，趁我们大人没注意的时候，竟然把那晶亮的金属棒戳到了年少白大褂的手心上……

考察

有的时候，或许事情并没有你想象得那么糟糕。

撰文/佚名

老王独自一人来到中国南部的某个山区，他要对长期生活在那里的一个古老的少数民族群体进行考察。

当他拿出数码摄像机，准备拍下一群孩子在河中嬉闹的场面时，那些孩子发现了他，纷纷冲着他大声嚷嚷，接着很多赤膊的成年人从四面八方涌了过来。

老王的脸霎地变白了，豆大的汗珠沿着脸颊滴落到地上。他赶忙双膝跪地，摆着双手，表示自己没有敌意。

老王之所以这么害怕，是因为在考察之前他曾在相关资料中了解到，很多落后的民族都认为摄像机拍下的影像是他们的灵魂，给他们摄像就是摄取了他们的灵魂。所以使用摄像机的人大多会被杀戮以起到对外人的震慑作用。

正当老王吓得瑟瑟发抖的时候，身着民族服饰的首领走到他面前，将他扶起来，并客气地用标准的普通话说："别怕别怕，他们是不会伤害你的。"

在这里居然还有可以交流的人！老王仿佛抓到了救命稻草，立即解释起摄像机的构造和原理，并再三保证记录的影像绝不是人的灵魂。他来到这里只是想把他们的文化记录下来加以传播。

首领几次想插话，但都找不到机会。

最后，首领见老王说完了，才微笑着说道："刚才那些孩子是想告诉你，你的摄像机镜头盖忘了拿下来。"

可信的理由

对付蛮不讲理的人，有时候得想一些计策才行。

撰文/佚名

一天，有一位金发碧眼的白人女子登上了一架飞机，并且在头等舱里坐下。

空中小姐过来检票，告诉她："对不起，您的机票不是头等舱的，不能坐在这里，请您到经济舱去就座。"

谁知那女子高傲地说："我是白种人，而且是美女，还有着很好的工作，我就是要坐头等舱去洛杉矶。"

空中小姐无可奈何，只好报告给总领班。总领班对那女子解释说："很抱歉！您买的不是头等舱的票，所以只能坐到经济舱去，这是乘坐飞机的规定。"

"不！我是白种人，而且是美女，我要坐头等舱去洛杉矶！"女子仍然重复着那句话，丝毫不想离开。

　　遇到这样蛮不讲理的乘客，总领班也没了办法。如果硬拉她起来的话，会影响航空公司的形象和声誉，而且必须得让其他乘客都站起来。无奈之下，总领班又找来了机长。

　　机长走到那女子身边，俯身对她耳语了几句。只见那女子马上站起身来，大步向经济舱走去。

　　空中小姐和总领班惊讶不已，忙问机长跟她说了些什么，她竟这样痛快地离开了头等舱。

　　机长笑着回答："很简单，我只是告诉她，这架飞机的头等舱不到洛杉矶。"

来生变父亲

父爱虽不像母爱那样细微，但却一直守护在我们身边。

撰文/佚名

古时候的一天，一个富翁把三个欠自己债的人都叫到自己家里，吩咐说："你们如果真的一贫如洗，今生无法还债，我就不强迫你们了。但是你们要对我发誓，说清楚来生怎样偿还，那样我就把借据烧掉，从此清账。"

话音刚落，欠债最少的人马上说："我愿来生变马，给您骑坐，以还今生的债。"

富翁听了很满意，点点头，把借据烧掉了。

欠债稍多的人见状，想了想说："我愿来生变牛，代替主人出力，耕田耙地，以还今生的债。"

富翁听了，捋了捋胡子，笑着点点头，把他的借据也烧了。

这时，只剩欠债最多的一个人了。屋子里寂静无声，大家都想知道他会怎样说。

突然，他一拍脑门，说："我愿来生变成您的父亲。"

财主听了大怒，咆哮般大喊道："你欠我那么多银子，我也就不跟你计较了。可你现在不但不还，反倒要占我的便宜，你居心何在？"说着就要打骂。

欠债最多的人连忙解释说："请您息怒。是这样的：我欠的债实在太多了，不是变牛变马所能还清的，所以我情愿来生变成您的父亲，做大官，发大财，劳苦一生，不顾自己的身体和性命，积成这样大的房产家业，自己不肯享用，全部都留给你慢慢享用，这样不就可以还清欠您的债了吗？"

劳力士手表

如果把钱财看得过重的话，它就会让你惊慌失措。

撰文/蔡成

台湾的伯父回内地，送我一块手表。手表装在一个精美的绿色盒子里，说明书是英文的。我的英文水平很差，懒得逐字逐句去阅读它，也就不管它是什么牌子，只将表拿出来戴在手腕上。

偶然一个机会，我去深圳世界名表中心闲逛。顺着柜台慢走的我眼睛突然发呆了——老天，玻璃柜台里正摆着跟我手腕上一模一样的手表，"劳力士"牌子，标价竟然将近10万元！我一阵狂喜，又一阵慌乱，当即顾不上逛街了，赶紧将手揣进裤兜里，然后打的回家。

我回到家第一件事便是脱下腕上的"劳力士"手表，小心翼翼地放回那个精美的盒子里。为了将盒子藏好，我很费了一番工夫。从抽屉折腾到衣柜，最后故意用旧报纸随便一包，然后塞进床底一个鞋盒里。但刚从床底爬出来，我又忐忑不安了，觉得那仍不是最佳地方……我折腾

了很久，心里却越折腾越慌。当晚，我躺在床上辗转反侧，无论如何也睡不着，眼前和心里总晃动着那块昂贵的劳力士手表。

接下来的日子，白天我上班老走神，无时无刻不惦记着藏在家里的那块价值近10万元的世界名表，晚上则面临着越来越严重的失眠。

一天，有个要好的朋友来玩儿。我忍了很久，实在忍不住，躲进房间鼓捣好一阵，终于把藏在梳妆台抽屉斜角夹缝里的劳力士手表掏出来，乐颠颠地向朋友炫耀："看！我伯父送我的，劳力士，商场标价10万块呢。"

见多识广的朋友将手表拿在手上，仔仔细细端详了几分钟，然后满脸遗憾地告诉我："这不是真正的'劳力士'，是假冒货，顶多值1000元！"

听了朋友的话，不知为何，我有些许失望之外，更多的是忽然间觉得全身放松下来。

理由充足

切记，所有情况的产生都有它自己的前提。

撰文/佚名

在一列开往日内瓦的快车上，列车员来到车厢检票。乘客们纷纷找出自己的车票，让他检查。

这时，坐在车厢中间的一位先生手忙脚乱地寻找自己的车票，他几乎翻遍了自己所有的衣袋和皮包，最后终于找到了。他擦了下头上的汗，自言自语地说："感谢上帝，总算找到了。"

"找不到也不要紧，"坐在他旁边的一位绅士轻松地说，"我去过日内瓦20次了，都没买过车票。"

他的这句话正巧被站在一旁检票的列车员听到了，于是当快车到达日内瓦车站后，这位绅士被带到了车站旁的拘留所里，并受到警察严厉的审问。

"你说过，你曾20次无票乘车来到日内瓦？"警察先是小心翼翼地试探着问。

"是的，我说过。"绅士点点头。

"要知道，这是违法行为。"警察严肃地说。

"不，我不这么认为。"绅士耸了耸肩膀。

"那么，你将如何说服法官，证明你无票乘车是正当的呢？"警察一脸疑惑地问。

"很简单，警察先生，那20次都是我自己开汽车来的！"绅士笑着回答。

律师的幽默

再美妙的语言，也遮盖不住丑恶的事实。

撰文/佚名

一位老人病入膏肓，临死前将他的神父、医生和律师叫到床前，送给每人一个装有30000美元现金的信封。老人希望在他死后能够有足够的钱来长眠于天堂。

于是在老人的要求下，神父、医生和律师都保证在他死后将信封放入他的棺材中。

几周后，老人去世了。在守丧过程中，神父、医生和律师都按照老人生前的嘱托，每人将一个信封放在老人的棺材中，并祝福他们的委托人安息。

几个月后，这三个人在一间酒吧里偶遇。

当他们谈起这件事时，神父首先深表歉疚地说："其实我放进棺材的信封里只有20000美元现金，因为我认为与其全部浪费，还不如将一部分送给福利机构。"并恳切地请求大家谅解。

医生被神父的诚挚深深打动了，于是他接着说："我也必须要说，我放的信封里其实只装了10000美元现金，其余20000美元现在在一个医疗慈善机构保留着。我同样认为不应该把钱无谓地浪费掉，而应该做一些更有意义的事情。现在我请求在神父面前忏悔，请求上帝宽恕我的罪过。"

这时，律师显然对神父和医生的自以为是深感气愤，对他们的恶劣行为非常失望。律师对他们喊道："我是唯一一个对已经死去的朋友守信的人！我想让你们两个清楚的是，我在信封里放入了全部的金额，这一点是毋庸置疑的——因为我在信封里放入了一张总计金额为30000美元的私人支票。"

马尔济斯犬★

千万别忘了，生存是发展的基础。

撰文/阎涛

一天，我闲来无事，于是打开电视，正巧里面正在播放大学生就业难的节目。

我妈看了一眼，自言自语说："你说挺好的脑子，挺高的文凭，怎么就找不着工作呢？"

其实我也不明白，越想越纳闷儿，就想下楼遛遛。走着走着，看见路前面趴着一只狗。它脏得很，看样子是被主人抛弃了。我是个非常爱狗的人，看这只狗怪可怜的，就毫不犹豫地把它直接抱回了家。

把它洗干净了我再一看，好家伙！这是只马尔济斯犬。看着它那锃亮的毛皮，炯炯有神的眼睛和那微微上扬的头，和刚才简直是"判若两狗"啊，浑身上下无不透露出"名贵"二字。我心想一定要好好喂养它，还要把它送还给它的主人。

可这狗在我家没两天就死了——因为它不吃东西！我家条件不算太好，每次喂它吃的东西，它都看不上眼，更别说吃了。它就这么活活饿死了。

唉，想想也怪可惜的，你说那么好的狗怎么就不能先屈就一下呢？过两天我找到它的主人不就把它送回去了吗？到那时好吃好喝的不就应有尽有了吗？

过了几天，我打开电视，里面又是大学生就业难的节目。我上前"啪"的一声关上了电视，叹了口气，只说了一句："唉……马尔济斯呀！"

马克·吐温刷围墙

假如你够聪明，就可以把痛苦的事变为愉快的事。

撰文/佚名

马克·吐温小时侯，有一天因为逃学，被妈妈罚去刷围墙。围墙很长，而且比他的头顶还高出很多。他把刷子蘸上灰浆，刷了几下。看着那么长的围墙，他灰心丧气地坐了下来。

这时，伙伴桑迪提着水桶走过来。"桑迪，你来给我刷墙，我去给你提水。"马克·吐温建议。

桑迪有点儿动心。可是眼看大功告成，桑迪的妈妈把桑迪喊走了。

一会儿，又一个伙伴罗伯特走来，还啃着一个松脆可口的大苹果，引得马克·吐温直流口水。

突然，马克·吐温十分认真地刷起墙来，每刷一下都要打量一下效果，活像是一个大画家在修改作品。

"我要去游泳。"罗伯特说，"不过我知道你去不了。你得干活，是吧？"

"什么？你说这叫干活？"马克·吐温叫起来。"要说这叫干活，那它正合我胃口，哪个小孩能天天刷墙玩儿？"马克·吐温卖力地刷着，一举一动都显得特别快乐。罗伯特看得入了迷，连苹果也不那么有味道了。"嘿，让我来刷刷看！""我不能把活儿交给别人。"马克·吐温拒绝道。"我把带肉的苹果核儿给你吃！"罗伯特开始恳求。"我倒愿意，不过……"马克·吐温犹豫道。

"我把这个苹果给你！"马克·吐温终于把刷子交给了罗伯特，站在阴凉的树下吃起了苹果，看着罗伯特为这得来不易的权利努力刷着。

此后，一个又一个男孩子从这里经过，他们个个都想留下来试试刷墙。马克·吐温为此收到了不少父换物：一只独眼的猫，一只死老鼠，一块发亮的石头，还有四块橘子皮。

买的不如卖的精

站在对方的角度考虑，很多问题会迎刃而解。

撰文/泉涌

我休假回老家，替父亲看袜子摊，第一天就将收入提高了一半，利润提高了七成。

上午，一个老太太走过来，在袜子摊前站住："小伙子，这是什么，怎么卖？"我一看，是女人穿的长筒袜，于是说："这是老太太的裤腰带！两块五就卖。"老太太伸手摸了摸、捏了捏，挺满意："小伙子，给我来一根。"我解下那双长筒袜，老太太很纳闷："怎么有两根？"我对老太太大声说："今天我们搞活动，买一送一！"老太太满意而去。

一会儿，一个年轻女子走过来，左挑右拣，最后选中一双："大哥，这双袜子怎么卖？""对不起，我不知道，我只是帮家人看摊子。"女子放下袜子就要走，我急忙喊："喂，您等一下，盒子里有个

价目表。"我从盒子里费了好大劲儿翻出一张纸来："两块五，不过这是批发价。"

"什么批发价不批发价的，多卖给几个人不就等于批发了吗？"我摇摇头说："不行，至少5双才能批发。"女子痛快地递给我5元钱："别那么死心眼儿，我买两双还不行吗？"

又过了一会儿，一个戴眼镜的中年男子走过来："师傅，这双运动袜怎么卖？""那一双？两块五。""眼镜"拿过去比画了一下："便宜点儿怎么卖？""便宜点儿？两块八。"

"眼镜"诧异极了："嘿，有你这么做生意的吗？刚才还两块五呢。"我急忙拿出另一双一样的："刚才看错了，这双才是两块五的。"

"眼镜"不高兴了："要多少就是多少，怎么可以反悔，两块五我拿这双。"说完扔下两块五毛钱，拿着袜子撒腿就跑了。

一男一女拉着手走过来，姑娘兴奋地凑过来："嘿，好漂亮的袜子，多少钱一双？"

一看他们就是谈恋爱的，我决定在他们身上宰一小刀，就对小伙子大声说："三块五！"姑娘说："贵了吧？"小伙子急忙说："不贵不贵，只要你喜欢就不贵。师傅，您给来一双。"

小伙子递过来一张5元的，我给他递了个眼色，找了两块五给他。小伙子恍然大悟："师傅，再给来5双！"姑娘脸蛋红了："哪里穿得了这么多。"小伙子一副很豪爽的样子："喜欢就多买几双，慢慢穿呗！"走的时候，他还悄悄地向我敬了个礼，以示感谢。

晚上回家，父亲惊讶地说："你怎么这么会卖东西？"我嘿嘿一笑说："我在城里被人这样骗惯了。"

买牙膏

过分热情并不见得是一件好事，切记过犹不及。

撰文/佚名

通常总是我的妻子为全家人购买牙膏。但是，眼下我只身旅行在外，正好没了牙膏。我想，像我这个年龄的男子汉，要弄到一管牙膏肯定轻而易举，不费吹灰之力。

当我走进商店，一个年轻的、颇有绅士风度的先生问我需要什么。听了我的回答，他双眉紧皱，想了想。

"请跟我来，"他低声说，把我带到一个角落，"是您自己用的吗？""是的，"我说，并补充道，"当然，我的妻子和孩子们都能使用。""啊！"销售者决定道，"您需要一管多用途牙膏！""并不完全这样，"我反对道，"我只需要一管用于刷牙的牙膏。"

他根本不听我的话，继续说："好吧，请看，这里有不少于45种的多用途家庭用牙膏。"他停了一下，向我投来试探的目光，"您用的是电动牙刷还是老式手动牙刷？"我略感羞愧："老式手动牙刷。"他把我带到柜台前。"这是用于老式牙刷的32种牙膏目录。""随便给我一管吧。"我赶紧说，想尽量把事情简单化。他死盯着我，我马上感到自己说了一句傻话。他挥舞着一管牙膏问道："您肯定是想买一种既能清洁牙齿，又能清新口腔气息的牙膏吧？""正是这样。"我迫不及待地回答道，同时手伸向了牙膏。

可是他马上把手缩了回去，把牙膏藏在背后，"这种牙膏不含增白剂！"他生气地说。"什么是增白剂？""增白剂，"他解释道，"就是使牙齿像白雪般晶莹的物质。用一次可保持12小时，使用了它，在黑

暗处，3米外也能看见您的牙齿熠熠闪光。"我幻想着妻子和我在房间里昏暗的光线下相视而笑的动人情景，一度产生出全部买光的欲望。

"好吧，我就买含增白剂的那一种吧。"我实在懒于继续抵抗了。

"你希望要含新型牙龈强壮剂的呢，还是不含强壮剂的？""含强壮剂的。"我说道。"当然要含氟的喽？"他继续问。"当然。""这种牙膏的装潢图案有条纹的和苏格兰花格式的。"他后退两步，上下打量我，"您身材瘦长，我建议您选用苏格兰花格图案。"我同意了，没有一丝兴奋的感觉。

"这里有4种规格的牙膏，"他又说，"家庭型、经济型，标准型和微型。"

"给我旅行用的微型牙膏吧。"我不假思索地回答道。

销售者转过身，从货架上取下了6管微型牙膏。我一步蹿到门边，逃走前听见这家伙还在问："您能告诉我，您从哪个国家来的吗？因为我们有……"

幸好，在那关键的瞬间，门自动关上了。

买眼镜

凡事都要弄清本质再入手解决。

撰文/佚名

有一个农夫，他看见那些读书看报的人都戴着眼镜，便决定也到眼镜店去买一副。

这一天，农夫进了城，来到一家眼镜店，对店主说："我要买一副眼镜，在看报纸的时候用。"

店主听后，从柜台里拿出一副眼镜给他。农夫把它戴上，然后拿起一张报纸看了起来。

看了好一会儿，农夫摘下眼镜，说："这副眼镜不管用，请另外再拿一副吧！"

店主以为农夫的意思是嫌镜片度数偏低，于是又给他拿了一副度数高一些的眼镜。可是农夫戴上以后，又看了一会儿报纸，然后还是说看不清楚。

　　此后，店主又接连给他拿了五六副眼镜，但农夫不是说这副不管用，就是说那副不合适。

　　最后，农夫着急了，问店主说："先生，你这里到底有没有一副戴着能看报纸的眼镜？"

　　店主刚想说自己店里的眼镜都很好，戴着看报纸没有问题时，这才发现农夫把报纸拿颠倒了。于是店主十分恼火地问他："请问，你认识字吗？"

　　"什么？认识字？当然不了，先生。"农夫一本正经地说，"正因为不识字，我才要买眼镜呀！如果我认识字的话，那还买眼镜做什么呢？"

毛驴告假

千万不要欺骗朋友，因为那会使你们之间出现隔阂。

撰文/佚名

胡趱本是唐朝宫廷的杂戏演员，因皇帝赏识做了都知官。他平日里清闲无事，便经常骑上毛驴到朋友家下棋取乐。

他每次到朋友家，主人都热情远迎，并吩咐家童："快把都知的毛驴牵到后院，细心喂养！"

胡趱一待就是一天，不到掌灯，主人绝不肯让他回家。一天两天不新鲜，数月如此，他很为有这样一个难得的知心朋友而高兴。

一天，胡趱正与主人下棋，杀得难解难分之际，突然接到皇帝传旨，要他立刻进宫应差。

他不敢怠慢，急忙让主人把驴牵来。过了好一会儿仍不见主人出来，胡趱急了，奔进后院，只见毛驴浑身是汗，直喘粗气，正从磨盘上卸下肩来。胡趱这才恍然大悟。

第二天早晨，胡趱又来到友人家。主人仍像往常一样，习惯地拉开嗓门喊道："仆人们！多加草料，好好喂驴！"

胡趱笑着说："抱歉得很，今天毛驴来不了啦。"

主人奇怪地问："这是为什么？"

胡趱回答说："昨天回去以后，毛驴头旋恶心，卧在棚里起不来了。请您准它几天假，让它缓缓气吧！"

没想到

别以为河边的人就知道河水深浅，或许他和你一样只会猜测。

撰文/佚名

一天，一位司机驾驶着一辆载重卡车来到一条河边。他发现河上的小桥已经年久失修，根本无法将车开过去了。

恰好河边站着一个玩儿小手枪的小男孩。司机走过去问他："小男子汉，请你告诉我，这条河水有多深？如果我开着这辆大卡车的话，能过去吗？"

小男孩开始默不做声，只顾着玩儿他的小手枪。司机想了想，从钱包里抽出1美元，对小男孩说："假如你告诉我答案，这个就是你的了。"

小男孩抬头看了看司机，撇了撇嘴，然后从口袋里掏出10美元来，在他眼前晃了晃。

司机吐了一下舌头，又想了想，说："这样好了，假如你告诉我的话，我就把这个给你，你看怎么样？"说着，他扬了扬手中的巧克力。

"是的，我相信你可以这样做。你的车能通过这条河，先生。"小男孩看着巧克力，舔了舔嘴唇说。

司机相信了小男孩的话，于是把巧克力给了他。然后，他回到驾驶室，启动卡车，开着它向河里驶去。但就在他刚把车开进河里的一刹那，卡车就完全沉没下去了。司机开始惊慌失措，但他又很快镇静下来，拼命从驾驶室里爬了出来，奋力游到岸上。

"你为什么告诉我说可以开着卡车穿过这条河？"他对小男孩咆哮道，"它至少有30英尺深！我的车一下去就没顶了！我也差点儿因此送了命！"

"我确实没想到它会这么深，否则我也不会让你开车过去的。"小男孩一边舔着巧克力一边说。

"那你到底是怎么想的？"司机余怒未消。

"事实上，我只看到这条河的水才淹到鸭子身体的一半呢！"

没有想到的结局

不要光想着收获，还要想到可能为此付出的代价。

撰文/佚名

故事发生在2200年的夏天。

那天他到银行去领养老保险金，恰好在银行门口的广告橱窗里看到这样一则广告："美伊康保中心最新研制出恢复青春医疗整容术。经过整容，老人可以恢复青春。机会千载难逢，切勿错过！"广告下面是大幅彩色照片，一位老人整容后变成了朝气蓬勃的小伙子。

他的心"怦"然而动，血一个劲儿地往头上涌：恢复青春，这是人类多少年来的梦想啊！

他回到家里，在吃晚饭的时候，把医疗整容的事和老伴说了。老伴一听也很有兴趣："那咱们也去做呀，年轻多好！""可是，"他很为难地说，"咱们的积蓄只够做一个人的……"

老伴不出声了。这的确是一个难题，让谁去做好呢？

晚上老两口看电视直播足球比赛。两支球队选场地时，是靠裁判抛硬币的办法来决定的。他灵机一动，对老伴说："咱们也用抛硬币的办法来决定吧。硬币的正面朝上是我去，反面朝上是你去，怎么样？"老伴同意了。

他从口袋里掏出一枚硬币抛到了空中，硬币落到地上的时候他用脚踩住了。

两个人的目光都盯住了那只踩硬币的脚。把脚慢慢挪开时，地上的硬币是反面朝上。

那一夜，他们激动得几乎没合眼。回忆起年轻时浪漫的时光，多么激动人心哪！

第二天，他陪老伴去医疗整容。和老伴一起进手术室的还有一位白

发苍苍的老先生。

他坐在外面等待着，觉得时间特别地漫长。

不知过了多长时间，手术室的门开了，里面传来银铃般的笑声，那是老伴年轻时的笑声啊！

容光焕发、美丽动人的年轻老伴出来了！确切点说，是他当年苦苦追求的那个姑娘出来了。

他激动得腿直哆嗦，正在迎上去的时候，意想不到的事情发生了：一个年轻的小伙子从后面追上来，与姑娘两个人挽着手又说又笑从他身边走过去了！

老伴竟然不认识他了！

看那个小伙子的背影，得知他就是和老伴一块进手术室的那个老先生，他感到一阵目眩。

等再睁开眼睛时，眼前已经没人了。他转过头，看到墙上仍贴着那张广告，于是愤怒地冲了过去。正要伸手要往下撕时，他看到广告最下面有一行蝇头小字："美伊康保中心忠告：有人在恢复青春以后可能失去过去的记忆……"

鸟儿就是不说话

别把事情想得太复杂，也许它实际上很简单。

撰文/尹玉生

一个孤独内向的年轻人，决定买一只能言善辩的巧嘴鹦鹉陪他聊天解闷。

这天，他来到一家宠物店，说明了自己的情况。老板指着窗边的一只鸟儿说道："那只鹦鹉是我这里最棒的，它会说1000个词汇，还会用50个成语呢，绝大多数场合它都能应付得了。"

年轻人听后甚是中意，将这只巧嘴鹦鹉买回了家。

第二天，年轻人返回宠物店，向老板抱怨道："这只鹦鹉不知道怎么回事，回家后一句话也不说。"

老板想了想，回答道："是有点儿不大正常。不过，这只鸟儿在这里的时候，喜欢玩儿玩具，我建议你买几样它喜欢的玩具放到它的笼子里。"年轻人只好掏出钱来，在宠物店买了几样玩具。

两天后，年轻人又来了，说："鸟儿还是不肯说一句话，到底是怎么回事啊？"

老板回答说："嗯，是不是该给它买一个洗澡、戏水用的盆子啊？"于是，年轻人又买了一个漂亮的水盆。

又过了两天，年轻人再次抱怨说，鸟儿到现在还是一个字都不肯说。这次，老板也犯愁了，他挠着头说道："这只鸟儿喜欢听人夸奖它，在店里的时候，我常常摇晃这个铃铛表示对它的赞美。"年轻人犹豫了片刻，虽然一百个不情愿，但还是买走了老板的那个铃铛。

好像已经形成了规律，两天后，年轻人又来了。这次老板猜测说，是不是鸟儿太寂寞，缺少个伙伴啊。年轻人一脸愤懑地说，我前几天就专门买了一只小鸟陪它了。老板又建议年轻人再买一面镜子，让鹦鹉能在镜子里看到它自己。

两天后，年轻人再次返回到宠物店，不过这次是带着那只鹦鹉一起来的。老板注意到，那只鹦鹉已经死了。

"发生了什么事？它还是没开口说话？"老板看着死去的鹦鹉惊讶地问道。

"不，死之前，它终于开口说话了。"年轻人木然地说。

"它说了什么话？"老板忙问。

"它说，"年轻人学着鹦鹉的腔调，"啊，天哪！难道宠物店就不卖鸟食吗？"

农夫与智者

凡事都有很多不同的道理，就看你从哪个角度看。

撰文/佚名

一个农夫对黑格尔派和共产主义者经常谈论的辩证法——每一样东西都透过跟它相反的事物奋斗、冲突而进行感到很困惑。于是他来到一个智者面前。

智者说："这很简单，我用一个具体的问题来解释给你听。有两个人，其中一个很干净，另一个很脏，他们两个都走向一条河流，哪一个人会下去洗澡？"

"那个脏的。"农夫说。

"不，他为什么要洗？他已经习惯于他的脏，是那个干净的人想要保持他的干净。"农夫听了点点头。

智者又说："让我们再看一次。有两个人，一个脏的，一个干净的，他们走向河流，哪一个人会下去洗澡？"

"很简单，"农夫回答说，"那个干净的，因为他想要继续保持他的干净。"

"不，他为什么要洗，既然他已经很干净了？是那个脏的人要洗，因为他想要变干净。接下来让我们再看一次。两个人走向河流，哪一个人会下去洗澡？"

"两个人都会下去。"那个农夫说，"因为干净的人想保持他的干净，脏的人想要变干净。"他很有自信地说他终于抓住了"辩证法"的要领。

但智者说："错，两个人都不会下去，因为他们为什么要下去呢？那个干净的人已经很干净了，而那个脏的已经习惯于他的脏。"

农夫张口结舌，说不出话来。

品位

盲目跟从只会让你迷失了自己。

撰文/佚名

某君家里刚刚装修一新，豪华气派，堪称家居艺术的经典之作。剩下的问题是，选择一种怎样的格调品味与环境相适应呢？

第一步就是戒掉喝茶的习惯改喝咖啡，茶具也要全部更新。咖啡弄到半成品，客人喝之前可以让妻子像模像样地在厨房里忙一阵，然后问："女主人的咖啡好喝么？"

墙上自然是不挂年历了，换上一幅从朋友处讨来的油画，画框也极为考究。

原先存放的音乐碟作了清理，民乐、流行音乐一律淘汰，取而代之的是古典的西洋乐曲。主人自然也突击地弄懂了巴赫和斯特拉文斯基。

又购得了两件豪华睡衣，两口子穿上，在不大的房间里来回走，相互欣赏，期待门铃响起，好有机会拉开半条门缝，隔着脸儿说声："不好意思，请稍候。”

厨房当然也要增加品位，里面有事先准备的果盘，紫色的葡萄，鲜红的苹果，黄色的香蕉，高高低低地摆着，取名叫"静物"。

据说，他们最近又购进了一批酒具，女主人正在学习调制简单的鸡尾酒。以后，她打算这么问："酒，还是咖啡？"语气越随意越好，脸四十五度地偏着，让人感到那是从祖母就开始沿袭的传统。然后是高脚的酒杯，倒入一小注红酒，加冰块。下酒菜是绝对没有的。慢慢地抿上一口，再谈谈诗歌。

还有什么没有配套呢？主人和客人都在这么想。

认识他们的人都说，某君现在变得真热情好客啊！

签名

别以为自己是至高无上的，因为并不是所有的人都这样看待你。

撰文/木西

克林顿当美国总统期间，有一天他到一家医院视察。由于医生和病人们都想亲眼目睹总统先生，于是几乎把他围住了。

大家聊得很愉快。这时，一个十来岁的小孩子使劲儿挤到克林顿的面前，呆呆地看着他什么也不说。

克林顿弯下腰来问："小家伙，你有什么事吗？"

孩子挠了挠头，然后说："我十分想得到总统先生的签名，您能满足我吗？"

克林顿很高兴，笑着答应了孩子。他接过孩子的纸和笔，熟练地签起名来。

正当克林顿想把它们还给孩子时，孩子突然又说："总统先生，可以给我签4张吗？"

　　克林顿不明白了，纳闷儿地问："你为什么要那么多呢？"

　　孩子说："我只想要一张你的签名，但想用你的另外3张去换一张迈克尔·乔丹的签名照。"

　　克林顿的脸一下子就僵住了，他完全没有想到孩子会这么说。但克林顿很快反应过来，接着笑着说："完全可以，但是我有个侄子也喜欢迈克尔·乔丹，我想再给你签6张，请你替我侄子也换一张迈克尔·乔丹的签名照，行吗？"

如此老头儿

不要想当然，先弄清楚事实再说。

撰文/佚名

吉斯是一家重要杂志的记者。有一天，他看到一个满头银发的老头儿坐在自家门前。老头儿脸上和脖子上的褶痕很多，还有很多黑色的老年斑，手上的也很明显。刊物上有关长寿秘诀的文章总是很受读者欢迎的，因此，吉斯决定设法采访他，以便得到长寿的秘诀。于是，吉斯走上去跟他搭讪起来。

吉斯和气地问："先生，打扰了，能跟我聊聊吗？"

老头儿说："很乐意，这太让人开心了。我坐在这儿无聊极了，刚才我没闲下来时，就过得很充实。"

吉斯问："人们说，多活动、多运动有益于长寿，是这样吗？"

老头儿说："那是，那是。我现在仍觉得自己身体不错，尽管步伐缓慢了些。"

吉斯烟瘾犯了，便问："我抽支烟您不介意吧？"

老头儿说："一点儿也不。"

吉斯接着说："我很想也敬您一支，但我想您也许不抽烟、不喝酒、不……"

老头儿马上说："恰恰相反，我抽烟抽得很厉害，酒也没少喝，这段时间我还每天去舞厅过过舞瘾。"

吉斯奇怪地说："你是说，你这辈子离不开它们？"

老头儿说："那当然，怎么啦？这也值得你大惊小怪的吗？"

吉斯解释说："不，但是人们总是说抽烟、喝酒、跳霹雳舞对健康不利。"

老头儿生气地说："荒谬之至！"

吉斯惊讶地说："真不可思议！我只是不明白你怎么能那样生活，而且活了这么大年纪。能说说您今年多少岁了吗？"

老头儿抬头看了看吉斯，不屑地说："我今年27岁，怎么啦？"

上帝的帮助

机会来临时，一定要好好把握。

撰文/佚名

一天，一场非常大的雨从天而降。雨越下越大，渐渐地洪水开始淹没城市。人们纷纷举家逃往别的地方。

可是就在这时，还有一个神父固执地在教堂里祈祷。他深信，凭借自己大半生虔诚的祷告，上帝一定不会不管他，肯定会来解救他。

一会儿，洪水已经淹到神父的腰了，可他依然在祷告。

突然一个救生员开着小艇过来，对神父说："神父，快上来！不然洪水会把你淹死的。"

神父说："不！我要守着我的殿堂！我深信上帝会来救我的！"于是，救生员无奈地离开了。

不久，洪水已经淹过神父的头了。他只好勉强站在桌子上，可他依然没有停止祷告。

　　这时，一个警察划着船过来，对神父说："神父，快上来！不然洪水会把你淹死的。"

　　神父说："不！我要守着我的殿堂！我深信上帝会来救我的！"于是，警察也无奈地离开了。

　　又过了一会儿，洪水已经把教堂淹没。神父只好抓着十字架，在教堂屋顶上祷告。

　　这时，一架直升机飞了过来。飞行人员丢下绳梯之后，对着神父大叫："神父，快拉着绳梯爬上来！不然洪水会把你淹死的！"

　　神父摇了摇头，意志坚定地说："不！我要守着我的殿堂！我深信上帝会来救我的！"于是直升机也无奈地离开了。

　　但是，洪水还是一直涨，一直涨。神父最后被淹死了。

　　神父上了天堂以后，见到了上帝。他十分生气地质问道："你是怎么回事？我已经如此虔诚地祷告了，乞求你去解救我，可你还是让我丢了性命。如果这样的话，你的子民还会相信你吗？"

　　上帝委屈地说："你到底想怎么样呢？我已经派了两艘船和一架直升机去救你了，难道要派航空母舰你才肯坐吗？"

上帝与兔子

别总以为别人比自己幸福，也许他们也有自己的苦衷。

撰文/佚名

兔子可以说是世界上最善良的动物了。它只吃青草和萝卜，什么也不伤害。可是，它却被很多动物伤害着：狐狸、狼、老虎……这太不公平了！

有一天，兔子跑去向上帝诉苦。它不想再做兔子了，请求上帝给它变一变。

上帝很仁慈，马上答应了兔子的请求："那好吧，你说你想变成什么呢？"

兔子说："变成一只鸟，在天上自由地飞来飞去，那些狐狸呀狼呀老虎呀就再也抓不着我了。"上帝于是把兔子变成了鸟。

没过几天，鸟又来诉苦："仁慈的上帝呀，我再也不想做鸟了！我在天上飞，天上的老鹰能抓住我。我在树上筑巢，树上的毒蛇能咬死我。这样的日子实在是太难过了！"

上帝问鸟："你想怎么样呢？"

鸟回答说："我想变成大海里的一条鱼，在水里畅快地游来游去。那里没有老鹰，没有毒蛇，我才能安心地过日子。"上帝又把鸟变成了鱼。

可是，鱼的处境似乎更糟，因为大海里到处都有"大鱼吃小鱼，小鱼吃虾米"的斗争。

过了几天，鱼又请求上帝把它变成人。鱼说："人是万物之灵，他们住在坚固的钢筋水泥做的房子里，使用着各种先进的武器装备，任再凶猛的动物也不能伤害他们。相反，那些在山林里威风十足的狮子老虎，全被他们关在笼子里，供他们观赏取乐。那些蛇呀鹰呀，都成了他们餐桌上的美味。"

于是上帝把鱼变成了人，心想，这下你该满意了吧！

可是，过了不久，人照样来向上帝诉苦："太可怕了！人人都在流血，到处都是尸体，到处都是废墟。我们再也没法活了！"

原来人类发生了战争，数以万计的士兵在互相残杀，无数的平民流离失所，死于饥饿和寒冷。

上帝问人："那你还想怎么样呢？"

人想了一会儿，说："我想到另外一个世界去，不如你把我变成上帝吧！"

上帝没有答应人的这个要求，他无奈地说："上帝只有一个，多了也会打架。"

神奇的印第安人

千万别想当然，因为你也许并不了解事情的真相。

撰文/佚名

一个电影摄制组浩浩荡荡地来到一片荒芜的沙漠地带，准备在那里拍一部纪录片。大家驻扎停当以后就开工了。

忽然有一天，一个老印第安人来到摄制组看热闹。他走到导演面前说："明天要下雨哦。"

导演以为他只是随便说说，就没有理会。

可是第二天果然下雨了。

一个星期之后，那位老印第安人又来到导演面前，说："明天会有暴风雨。"

第二天上午，果然狂风大作，接着大雨倾盆。

"这个老印第安人真是太神奇了！"导演佩服地说。然后，他叫秘书聘请老印第安人专门预测天气。

然而，在前面几次成功的预测之后，老印第安人就再也没有预测成功过。

很快，拍摄工作进行到最后阶段。

一天，导演把老印第安人叫到自己身边，非常慎重地询问他："我们明天需要拍摄一组很大的场面，但是不知道明天的天气如何。我现在只能依靠你了。请问明天将会是什么样的天气呢？"

老印第安人耸了耸肩说："不知道，这我可说不准。"

"为什么呢？前一阵子你总是能预测成功啊？"导演惊讶地问道。

"那我就没办法了，"老印第安人无奈地说，"收音机几天前就被摔破了。"

事与愿违

有时候，拐弯抹角不如直言相告。

撰文/佚名

在一个冬天的夜里，伦敦市下了一场极为罕见的暴风雪。

第二天早晨，史密斯先生开门一看，外面是白茫茫的一片。自己家的花园里覆盖着一层厚厚的积雪，而且车道也被大雪覆盖了，根本无法将车开出去。

因为史密斯先生中午要开车出去，便连忙雇了一名工人，叫他将从车库到大门的小车道清扫干净。

史密斯先生吩咐那人说："注意，不要把雪扫到我的花园里，因为雪会压坏花园里的小灌木；也不要把雪扫到另一边去，因为雪可能压坏篱笆；更不要把雪堆到街上，那样警察就会来开罚单，那是十分麻烦的。"说完，他就出门踏雪散步去了。

工人想了想，然后开始了工作。

大约一个小时后，当史密斯先生散步回来时，发现小车道已经被打扫得干干净净了。积雪既没有堆在灌木上，也没有堆在篱笆下，更没有扫到街上。

史密斯先生十分满意，于是吹着口哨，兴冲冲地去车库开车，准备出门做事。

可是，他打开车库门一看，不禁大呼起来："哦，我的天哪！怎么会这样？"原来他的小汽车已经完全看不见了，车库里面竟然堆满了从小车道上扫来的雪！

谁是强盗

在没有确凿证据的情况下，怀疑可能是多余的。

撰文/佚名

一天，王先生下夜班回家，独自一人走在一条治安状况不太好的街道上。

越是担心，王先生越是害怕。忽然，一个高个子陌生人从王先生身边一掠而过。

王先生心想，坏了，他准是偷了我的东西，紧接着便往口袋里摸，果然发现钱包不见了。

王先生十分愤怒而又不甘心，小偷真是太可恶了，因为钱包里装着一千元钱呢！

光生气是不能解决任何问题的，于是，王先生冥思苦想，终于想出一个计策。

他把右手揣进上衣口袋，伸出食指装成手枪的样子，对着大个子陌

生人的背影厉声喊道："站住，我是警察，把钱包交出来！"

大个子陌生人听后被吓住了，他停住脚步，将双手举过头顶，然后慢慢转过身来，哆嗦着双腿，十分恐惧地看着王先生。当他看到王先生的右口袋时，马上乖乖地从口袋里掏出了钱包，递给王先生，说："大哥，我所有值钱的东西都在这钱包里，千万不要伤害我。"说完撒腿就跑了。

王先生回到家中，把刚才遇到小偷的事说了一遍，说完把失而复得的钱包交给了王太太。

王太太拿着钱包，大为惊讶地说："什么？你的钱包早晨出门前，我已经给你掏出来放在家里了。"

王先生听了，瞠目结舌，说不出话来。

谁是傻瓜

自以为很聪明，以戏弄别人为乐者也将受到别人的嘲弄。

撰文/佚名

一天，无所事事、游手好闲的李维斯自己去动物园玩。

动物园里的动物种类很多，李维斯不停地逗逗这个，耍耍那个，玩儿得很尽兴。后来，他来到了猩猩园区，直接走到一个关着一只大猩猩的笼子前。

李维斯先向猩猩敬礼，猩猩也模仿着对他敬礼。他觉得很好玩儿，又向猩猩作揖，猩猩便也向他作揖。李维斯接着向猩猩扒眼皮，不料猩猩这次没有模仿，而是把手伸出栏杆，狠狠地打了他一巴掌。李维斯只好离开了那个笼子。

李维斯越想越生气，便捂着疼痛的脸去询问饲养员。

饲养员知道情况以后，笑着告诉他："在猩猩的语言里，扒眼皮是骂对方大傻瓜的意思，所以猩猩很生气，当然就会打你了。"李维斯这才恍然大悟。

第二天，李维斯又来到了动物园，他找到那只猩猩以图报复，想解心头之恨。

李维斯先向猩猩敬礼，然后作揖。猩猩都跟着做了。

然后李维斯拿起一根大棒子，狠狠向自己头上打了一下，然后忍着痛，微笑着把棒子交给猩猩。他本以为猩猩会模仿他，也拿棒子朝自己头上打呢。

不料，猩猩这次没有模仿，而是笑着向他扒了扒眼皮。

谁在喊价

在连自己的对手都没搞清楚是谁之前，不要急着做决定。

撰文/佚名

有一个人叫吉姆，他特别喜欢鸟。虽然他的家里面已经养着很多的鸟了，但是他还是很喜欢逛宠物店，看到好鸟，无论花多少钱都会把它买回家。

一天，吉姆经过一家宠物店，发现里面正在拍卖一只鹦鹉，于是不由自主地走了进去。

吉姆见那只鹦鹉的羽毛色彩十分鲜艳，而且音域高亢，钩喙独特，非常喜欢，于是走到前面，对老板喊道："我愿意出10美金买下这只鹦鹉！"

紧接着，身后有人喊价："我愿意出20美金！"

吉姆可不愿意把这么好的鸟拱手让人，于是头也不回地又喊了30美金。

可是另外一个声音像是在故意跟他作对似的，大喊："那我出40美金！"

吉姆和那个声音较上了劲，你来我往地喊价。就这样，那声音一直到吉姆叫了200美金时才停。

吉姆十分得意，心想，哈哈，看来还是我赢了吧！可是他突然转念一想，我花了那么多钱才买到这只鹦鹉，但是如果它不会说话，那我不就亏大了？

于是吉姆马上问老板："你这只鹦鹉会不会说话啊？"

还没等老板说话，只听到那只鹦鹉大叫："不会说话？那你以为刚刚是谁在跟你喊价啊！"

谁最强大

自大的人无法看清自己，终究会碰壁的。

撰文/佚名

一天，一只狮子照完镜子以后感到自己非常强壮，便想问问别人自己是不是最强大的动物。

一会儿，一只小猴子走过，于是狮子堵住它，把它逼进了墙角，冲它咆哮着问："谁是森林中最强大的动物？"

小猴子吓得战战兢兢，哆哆嗦嗦地回答："当……当然是您了，伟大的狮子！恐怕再也没有比您更强大的动物了！"狮子听了很满意，便放过了小猴子。

过了一会儿，狮子又碰到一只鹿。

狮子一把抓住鹿的脖子，把它提起来问："你说，谁是森林中最强大的动物？"

鹿受到了惊吓，惊惶地回答："这……这还用问吗，当然是您，伟大的狮子先生！当然您是森林中最强大的动物了！谁和您相比都是那么渺小！"狮子觉得十分得意，哈哈大笑着，原来大家都很赞同自己是最强大的动物啊。

狮子又向前走，正巧遇到一头正在吃树叶的大象。

狮子来到大象面前，拍着胸脯问："你说，我是不是森林中最强大的动物？"

对于这样的问题，大象懒得回答，直接用长鼻子卷起狮子，用力往树上摔了几下，然后又把狮子扔在地上，使劲儿踩了几脚，然后从容不迫地走了。

狮子好半天才缓过气来，望着大象的背影自嘲说："就算你答不上来，也用不着发这么大的火嘛。"

死心眼儿

做事不懂得灵活变通，是不会把事情做好的。

撰文/佚名

有一位旅客，晚上住在火车站附近的旅馆里，准备赶第二天的火车。闲来无事，他去旁边的酒吧里喝了几杯，又和几个朋友聊了起来，然后很晚才回来休息。

第二天一早醒来，他发现赶火车的时间有些来不及了，就赶快收拾行李，匆匆下楼到酒店大堂结账。时间不多了，他必须在15分钟内结完账并赶到车站。

可就在这时，他突然想起，吹风机、刮胡刀和手表可能还放在房间的浴室内，忘记带出来了。

于是，他立刻请求女服务员帮助："您好，小姐！快，帮我跑上603房间，看看我的吹风机、刮胡刀和手表是不是还都放在浴室里。要快，离开车时间只剩下10分钟了。"

女服务员一听，来不及等电梯，马上沿着楼梯飞速地跑，一口气冲上了6楼。

旅客见状，这才舒了一口气。

大约3分钟以后，他刚办完了结账手续，正好女服务员两手空空、气喘吁吁地跑了回来。

旅客急忙迎上去问："你找到我的房间了？"

女服务员捂着胸口直点头。

"那我的东西呢？"旅客急忙又问。

女服务员上气不接下气地说道："先生，您……说的没错……吹风机、刮胡刀和手表确实……都还在浴室里。"

送桃子

人与人之间如果少了隔阂，社会将会更加和谐。

撰文/陈永林

前天，母亲从乡下来了，扛来一大袋桃子。

母亲说："给你的左邻右舍送些桃子去。俗话说：'远亲不如近邻。'咱们自家种的桃子，没施化肥，没喷农药，比买的桃子甜多了。"

我先到了一楼101室，开门的是个少妇。我说："我是二楼的，我母亲从乡下带了桃子来，你尝尝。"那少妇警惕地望着我，好像我对她不怀好意。我忙放下桃子上了二楼。

我按对门201室的门铃。开门的是个小女孩。我说："我是住在你对门的叔叔。我送些桃子给你吃。"

小女孩说："我妈妈说过不能随便要陌生人的东西。"说着"砰"的一声关上门。

我按301室的门铃按了许久，门才开了。我对开门的男人说："我是住你楼下的邻居。我母亲从乡下带来一些桃子，送一点儿给你尝尝。"

那男人忙从口袋里掏出钱包，问："多少钱一斤？"

401室开门的也是个男人。他接了我手里的桃子，问我："你有什么事要我帮忙？"

我说："没有，只让你尝尝我母亲从乡下带来的桃子。"

男人说："如果有事要我帮忙，别客气。"

但是第二天一早，我下去买早点回来时，见楼道口的垃圾桶里放着好几袋桃子。

一再疏忽

聪明人不会在同一个问题上犯两次同样的错误。

撰文/佚名

有一次，一座小镇上的警察分局抓住一个小偷，要派一个人送他到市里去。这时正好来了一个新警察，他自告奋勇地接受了这份押送犯人的差使。

警察押着小偷往火车站走去的时候，正好路过一个面包铺。小偷想了想，然后对警察说："咱俩一点儿吃的也没带，到市里路可远着呢。这样吧，我进去买点儿面包，那样咱们在火车上就不愁了。你在外面等着我吧。"

警察一听，满心欢喜：这倒不错，不用花钱，在火车上还可以有东西吃。于是他答应了。

小偷进了面包铺，警察在外面傻等。过了好久还不见小偷出来，警察着急了，就走进面包铺里去喊他。谁知却不见了小偷，警察便问老板。老板说他早从后门走了。

警察忙追出来，可是哪还有小偷的影子？他只好红着脸回到分局，把这事汇报给局长。局长听了火冒三丈，但是也无可奈何，便马上下令大肆追捕小偷。于是全镇的警察立即行动起来，来了一次大搜查，很快又把那个小偷捉住了。

分局局长将那个警察叫来，对他说："这次再派你押送他，可别再让他跑啦！"

警察押着小偷向火车站走去，又来到了那个面包铺前。

"你在这儿等着，"小偷说，"我要进去买点儿面包。"

"啊，不！"警察说，"上次让你进去，你却溜掉了。这一次我进去买面包，你在外面等着我好了。"

伊扎贝画狗

对别人千万不能要求得太苛刻。

撰文/佚名

一天，有一个爱狗成癖的妇人，找到法国画家伊扎贝，请求他把自己的狗的肖像画在一只精美的小木盒上。

画家开始并不打算答应她，于是向她索要了50法郎。没想到妇人马上同意了，并问什么时候能来取画。

伊扎贝想了想，让她第二个礼拜来取画。

几天过去了，妇人按约定时间来了。她看着狗的肖像画，惊讶地说："啊！您画得简直惟妙惟肖！看我的狗，它的眼睛，它的鼻子，它的耳朵！简直太棒了！……可是，伊扎贝先生，您怎么没有画上狗窝呢？要知道我的狗不喜欢别人看它，每当有人看它的时候，它就会躲进狗窝里。所以，请您再给它画个狗窝吧。"

伊扎贝皱了皱眉，但还是妥协了，说："那好吧，下个星期你再来取吧。"

又过了几天，这个妇人又来了。伊扎贝将画有狗窝的小木盒拿出来给她看。

妇人看了看，说："谢谢你，伊扎贝先生，这狗窝画得可真精巧漂亮……可是，我的狗怎么不见了？"

"你怎么会不知道呢？夫人，你不是曾经说过，你的狗不喜欢见人吗？我们一看它，它就躲进窝里去了。只要我们不看，它便会悄悄地爬出来的。"画家笑呵呵地说道。

应聘的故事

有些东西，是因为被需要才有价值。

撰文/佚名

有一个失业的人到微软去找一份清洁工的工作。在经过面试和实际操作（扫厕所）以后，人事部门告诉他被录取了，并向他要E—mail地址，以便寄发录取通知和其他的文件。

他说："我没有计算机，更别提E—mail了。"

人事部门告诉他："对微软来说，没有E—mail的人等于不存在的人，所以微软不能录用。"

他很失望地离开了微软，当时口袋里只有10美元。他只好到便利商店去买了10千克的马铃薯，挨家挨户地转手卖出。

没想到区区两个钟头后，他卖光了所有的马铃薯，而且得到了一倍的利润。

他又做了好几次生意，把本钱增加了一倍。接着他发现这样做可以

挣钱养活自己。

于是，他认真地做起这种生意来。一些运气加上努力，他的生意越做越大，还买了车，雇用了新的人手。5年内，他建立了一个很大的"挨家挨户"的贩售公司，给人们提供一种只要在自家门口就可以买到新鲜蔬果的服务。

他考虑到为家人规划未来，于是买了一份保险。签约的时候，业务员向他要E-mail地址。他再次说："我没有计算机，更别提E-mail了。"

业务员很惊讶，说："您有这样一个大公司，却没有计算机和E-mail。想想看，如果你有计算机和E-mail的话，可以多做多少工作？可以发展多少的事业？"

他笑着补充说："还可以成为微软的清洁工。"

鱼头补脑

不要轻信别人的话，要多思考后再做决定。

撰文/佚名

在开往加拿大的一艘轮船上，两个以前素不相识的年轻人遇到了一起。由于他们都喜欢旅游，所以见面以后，他们聊得很愉快。

午餐的时间到了。好多游客把食物拿到甲板上，在阳光下进行他们的午餐。这两个年轻人也不例外。其中一个年轻人打开一个食品袋，原来里面是几条炸得金黄的鱼。只见他不吃鲜美的鱼肉，而是坐在甲板上啃起鱼头来，并且显出一副津津有味的样子。

另一个年轻人看着他的举动，十分奇怪，禁不住问道："喂，你怎么不吃鱼肉？这鱼头有什么好啃的？"

那个年轻人不屑地冲他一笑，说："你怎么连这个道理都不知道？我买鱼就是为了啃鱼头，鱼身只不过是搭配着买来的罢了。"

另一个年轻人更加惊奇地问道："真的有这样的事？"

那个年轻人凑近他的耳朵，悄声说："告诉你吧，吃鱼头补脑，人会变得聪明起来。"

"既然这样，请分几个鱼头给我好吗？"

那个年轻人好像很舍不得的样子，最后勉强以每个鱼头2美元的价格，卖了几个鱼头给另一个年轻人。

买主怀着很大的希望，坐在一边认真地啃起鱼头来。可过了一会儿，他越想越觉得不对劲，就忍不住问卖主："请问，你买的鱼多少钱一条？"

那个年轻人回答说："40美分。"

"那你为什么光鱼头就卖给我2美元呢？"

那个年轻人不慌不忙地答道："刚才我不是说吃鱼头补脑了吗？你瞧，一个鱼头还没吃完，你已经变得如此聪明了！"

图书在版编目（CIP）数据

感动中国学生的100个幽默故事：快乐阳光的味道／
龚勋主编．—汕头：汕头大学出版社，2012.1（2021.6重印）
ISBN 978-7-5658-0545-5

Ⅰ．①感… Ⅱ．①龚… Ⅲ．①故事－作品集－世界
Ⅳ．①I14

中国版本图书馆CIP数据核字（2012）第008933号

快乐阳光的味道……

感动中国学生的 100 个幽默故事

GANDONG ZHONGGUO XUESHENG DE 100 GE YOUMO GUSHI KUAILE YANGGUANG DE WEIDAO

总 策 划	邢 涛	印 刷	唐山楠萍印务有限公司
主 编	龚 勋	开 本	705mm×960mm　1/16
责任编辑	胡开祥	印 张	10
责任技编	黄东生	字 数	150千字
出版发行	汕头大学出版社	版 次	2012年1月第1版
	广东省汕头市大学路243号	印 次	2021年6月第7次印刷
	汕头大学校园内	定 价	34.00元
邮政编码	515063	书 号	ISBN 978-7-5658-0545-5
电 话	0754-82904613		